W. Cramer

Johann Bernard, Bischof von Münster

W. Cramer

Johann Bernard, Bischof von Münster

ISBN/EAN: 9783743339415

Hergestellt in Europa, USA, Kanada, Australien, Japan

Cover: Foto ©Raphael Reischuk / pixelio.de

Manufactured and distributed by brebook publishing software (www.brebook.com)

W. Cramer

Johann Bernard, Bischof von Münster

Deutschlands Episcopat
in Lebensbildern.

III. Band. V. Heft. Ganze Sammlung XVIII. Heft.

Johann Bernard,

Bischof von Münster.

Von

W. Cramer,

Domcapitular und Regens des bischöflichen Priesterseminars
zu Münster.

Würzburg 1875.

Leo Woerl'sche Buch- und kirchl. Kunstverlagshandlung.

Im Begriffe, ein kurzes Lebensbild von Johann Bernard (Dr. Brinkmann), dem Hochw. Bischofe von Münster in Westfalen, zu entwerfen, würden wir uns veranlaßt finden, für diejenigen unter unsern Lesern, denen bis dahin das Münsterland weniger bekannt war, eine kurze Beschreibung der Eigenthümlichkeiten dieses Ländchens vorauszuschicken, wenn nicht bereits der Verfasser der Lebensskizze des Hochw. Erzbischofs von Köln (Bd. II, Heft V) das erste Kapitel seines Werkchens dem „westfälischen Münsterlande" gewidmet hätte, so dürfen wir davon Abstand nehmen und kommen daher sofort zur Sache.

Jugendzeit und Studien.

Die Geburtsstätte unsers Johann Bernard ist Ewerswinkel, ein ziemlich großes Dorf in der Nähe von Münster, dasselbe, wo auch der durch seine pädagogischen Bestrebungen im Münsterlande und weit über dessen Grenzen hinaus berühmt gewordene Bernard Overberg (starb als Domkapitular und Regens des Priesterseminars im Jahre 1824) die ersten Jahre seiner seelsorgerischen Thätigkeit zugebracht hat. Er wurde geboren am 4. Februar 1813 und war neben einer Schwester der einzige Sohn seiner nicht wohlhabenden, aber echt christlichen Eltern. Dieselben hatten ihn bestimmt, das Geschäft seines Vaters, welcher Drechslermeister war, zu lernen und weiter zu führen.

Aber dem geweckten und ungewöhnlich begabten Knaben genügte bald das einfache Thun des Handwerkslebens nicht, es zog ihn zu Höherem. Dazu kam, daß seine fromme Mutter schon früh einen gottgeweihten Sinn in ihrem Sohne geweckt und genährt hatte; schon als Kind nahm sie ihn mit sich in die Kirche;

in der Nähe des elterlichen Hauses im Dorfe stand eine kleine Kapelle und in ihr ein Bild, welches besondere Verehrung fand. Vor demselben mußte der kleine Bernard oft brennende Kerzen aufstellen und nicht selten des Abends neben der Mutter im Gebete verharren.

Alljährlich, ja mehr als einmal im Jahre, wallfahrtete die fromme Mutter zum Gnadenbilde der schmerzhaften Mutter Gottes nach dem nicht sehr weit entlegenen Telgte; sobald Bernards Füßchen so weit erstarkt waren, daß er den Weg machen konnte, nahm die Mutter ihn mit sich dorthin und noch jetzt erinnert sich der Hochw. Herr gern der Stunden, welche er auf solche Weise an der Seite seiner guten Mutter zubrachte, und dankt Gott für den heilsamen Einfluß, den sein kindliches Herz davon erfahren hat.

So gedieh der Gedanke, der sich schon früh in seinem Herzen geregt hatte, nämlich zu studiren und Geistlicher zu werden, mehr und mehr zur Reife, vollends, als er aus der Schule entlassen war und in dem Handwerke, das er erlernen sollte, keine Genüge fand; oder sagen wir vielmehr: **der Herr hegte den Keim des Berufes zum geistlichen Stande, den Er in das Herz des Kleinen gelegt hatte, auf daß derselbe immer mehr in die Wahrnehmung träte** — klar genug, um den Berufenen in das Geleise des Vorbereitungsweges hinüberführen zu können.

Aufmunterung theilnehmender Freunde und Gottvertrauen ließ seine Eltern die Bedenken, welche in den geringen Vermögensverhältnissen lagen, überwinden; Bernard erhielt die Erlaubniß zu studiren. Zum Beweise seiner außerordentlichen Begabung wurde er, nachdem kaum etliche Monate hindurch der Vorbereitungsunterricht stattgefunden hatte, im Herbste des Jahres 1828 in die Quarta des Gymnasiums zu Münster aufgenommen. Bereits war der Gymnasial-Cursus bis auf etliche Klassen vollendet, als im Herzen des jugendlich-feurigen Studenten die Liebe zum Militärstande Eingang und immer bestimmtere Form fand. War es der Einfluß der damaligen politischen Verhältnisse oder ein gewisser jugendlicher Muth, verbunden mit einer Hinneigung zum Abenteuerlichen, wodurch dieser Gedanke wachgerufen wurde, oder war es eine unmittelbare Fügung Gottes, um ihm durch diese Ablenkung vom geregelten Wege der Vorbereitung einerseits eine größere Klarheit über seinen Beruf, andererseits eine gewisse Allseitigkeit und größere Lebenserfahrung, für seinen späteren Beruf so wichtig, anzubahnen; genug, der Student entschied sich für den Militärstand und trat, sei es wegen seiner Vorliebe für mathematische Uebungen, oder weil ihm wegen seiner Tüchtigkeit und Strebsamkeit diese am meisten zusagte, bei der Artillerie ein.

Aber so leicht er sich auch in den militairischen Uebungen zurechtfand und obgleich schon bald die Aussicht auf erwünschtes

Avancement sich eröffnete, so gewann unser junger Artillerist doch mehr und mehr die Ueberzeugung, daß hier sein Beruf nicht liege. Der Herr hatte ihn zu Höherem[1] bestimmt und die Zuversicht des geistlichen Berufes, welche für eine kurze Zeit von einem gewissen Dunkel umgeben war, trat wieder ins rechte Licht und erfüllte das Herz von Neuem mit der alten Freudigkeit. Der junge Bombardier nahm seinen Abschied und wandte sich mit frischem Eifer den Studien wieder zu und zwar mit solchem Erfolge, daß die durch den militärischen Versuch herbeigeführte Unterbrechung fast gänzlich wieder ausgeglichen wurde, indem er nach dem glücklich bestandenen sog. Abiturienten-Examen und nach Absolvirung des philosophischen und theologischen Cursus an der Akademie zu Münster im Herbste des Jahres 1838, und ein Jahr später als seine Studiengenossen ins bischöfliche Priesterseminar eintreten durfte.

Wirksamkeit als Kaplan.

Brinkmann wurde zum Priester geweihet den 25. Mai 1839.

Noch war der zweijährige Cursus des Seminars nicht zu Ende, als der neu geweihete Priester zur Aushilfe in eine Pfarre gesendet wurde, welche durch den Tod ihren Pfarrer verloren hatte. Daselbst (in Brochterbeck) widmete er sich neben einem bereits altersschwachen und praktisch wenig tüchtigen Vikar bis zum Antritte des neuen Pfarrers allen seelsorglichen Obliegenheiten mit einem Eifer, welcher ihm in hohem Grade die Liebe der Gemeindeglieder und ein bleibendes ehrendes Andenken verschaffte.

Im Herbste des Jahres 1840 wurde der nun schon wohl eingeübte Kaplan in die ausgedehnte Pfarre Beckum versetzt, wo er bis zu Anfang des Jahres 1853 in einer überaus segensreichen Weise wirkte.

Nicht sehr lange nachher (1844) wurde auch der damals in den Priesterstand eingetretene Freiherr von Ketteler, jetziger Bischof

---

[1] Es war zur Zeit, wo der hochwürdigste Herr schon Generalvikar war, als er auf einer Reise mit seinem Freunde (Regens Kres) zu Wesel in einem Gasthofe mit einem höhern Militair zusammentraf und in eine Unterhaltung einging. Als er sich darauf ein wenig entfernte, fragte der Oberst unter dem Bemerken, der abgetretene Herr komme ihm sehr bekannt vor, den Regens nach dessen Namen. Als er den Namen Brinkmann hörte, erinnerte er sich, daß er zur Zeit, wo Brinkmann Artillerist war, dessen Offizier gewesen sei. „Was für einen Posten," fragte er darauf, „bekleidet Brinkmann denn jetzt?" Der Regens: „Er ist Generalvikar." Der Oberst (ein Protestant): „Was habe ich mir darunter zu denken?" Der Regens: „Ungefähr das, was beim Militair der kommandirende General ist!" Der Oberst: „Potz tausend, dann hat's der Kerl ja schon weiter gebracht, als sein früherer Offizier!"

von Mainz, Pfarrkaplan zu Beckum und übte nahezu zwei Jahre an der Seite von Brinkmann die Seelsorge. Beide waren bald ein Herz und eine Seele. Sie wohnten in demselben Hause und während sie in h. Freundschaft zusammenstanden und nach einer festgeregelten Tagesordnung [1]) gemeinschaftlichen theologischen Studien, wie auch allen Uebungen eines echt priesterlichen Lebens in wohlgeordneter, treubehaupteter Regelmäßigkeit und mit großem Eifer oblagen, war auch ihre seelsorgliche Wirksamkeit wie aus einem Gusse und vom Segen des Himmels sichtlich begleitet. Noch immer lebt in der Gemeinde Beckum das Andenken an diese beiden ausgezeichneten Kapläne, welche mit so bewunderungswürdigem Eifer und mit solcher Umsicht in ihrer Mitte gewirkt und Manches (als das große Krankenhaus u. s. w.) gegründet haben, was noch jetzt durch den reichen Segen, den es schafft, ehrenvolles Zeugniß für seine Gründer giebt. Ein ganz besonderes Verdienst erwarb sich unser Kaplan durch den Einfluß, den er auf die in jener Zeit von manchen nicht geringen Gefahren umrungene Entwickelung der Genossenschaft der barmherzigen Schwestern zu Münster (von ihrem Stifter, Erzbischof Clemens August, Clemensschwestern genannt) ausübte, wobei er wahrhaft glänzende Proben seiner bewunderungswürdigen Menschenkenntniß, seiner Einsicht und seines praktischen Taktes ablegte. Von jener Zeit an und insbesondere in den Jahren, wo sein Freund Regens Kres Direktor war, stand er der genannten Genossenschaft sehr nahe und erwies sich in jeglicher Art durch Rath und That als einen Freund und Wohlthäter derselben, so daß ihr blühender Stand und ihr rasches Gedeihen auch als sein Werk erscheint.

Pfarrer an der Strafanstalt zu Münster.

Immer mehr lernten die Obern unsern Kaplan von der vortheilhaftesten Seite kennen und sie wußten seine ungewöhnlichen Gaben in allen solchen Beziehungen, wo es sich um rechte Beurtheilung von Menschen und ein richtiges praktisches Vorgehen handelt, gar wohl zu schätzen. So geschah es denn, daß, als zur Zeit die eine Seelsorgerstelle an der Strafanstalt in Münster vakant wurde, das Auge des Bischofs Johann Georg und seines Generalvikars Melchers sich auf den Kaplan zu Beckum richtete. Er wurde im Februar 1853 für diese Stelle ernannt, und das Vertrauen der Obern wurde nicht getäuscht.

Es ist die Aufgabe eines an dieser Strafanstalt angestellten und in einem Flügel derselben wohnenden Seelsorgers für die in namhafter Zahl dort meist in der Zellen=(Einzel=)Haft

---

[1]) Nach derselben standen sie schon vier Uhr früh auf und hielten nach gemeinschaftlichem Morgengebete ihre Betrachtung.

befindlichen Sträflinge in der gleichfalls innerhalb der Anstalt hergestellten großen Kapelle den sonntäglichen und täglichen Gottesdienst, wie auch Predigten und Katechese zu halten, die Beichten der Gefangenen zu hören und überhaupt, namentlich durch oftmalige Besuche bei denselben einen heilsamen seelsorglichen Einfluß zu üben, um sie zu wahrer gründlicher Besserung zu bringen. Bedenkt man, daß es sich hier um eine Gemeinde handelt, deren Glieder sämmtlich mehr oder weniger aufs Traurigste verirret, mehrfach die verdorbensten und verkommensten Subjekte sind, so begreift man das Schwierige und Opfervolle der Seelsorge unter denselben. Wir ermessen leicht, wie wohl unserem neuen Pfarrer in dieser Stelle seine mehrgerühmte Menschenkenntniß und sein richtiger praktischer Blick zu Statten kam.

In der That verwaltete Pfarrer Brinkmann seine Stelle zur vollkommensten Zufriedenheit seiner Vorgesetzten, und es war nur die, eben durch die Wirksamkeit an der Strafanstalt noch mehr begründete Ueberzeugung, daß zur Ausführung eines gewissen neuzugründenden wichtigen Werkes eine geeignetere Persönlichkeit nicht wohl gefunden werden möge, welche den Bischof Johann Georg bewegen konnte, Brinkmann schon so bald dieses Postens zu entheben. Es geschah am 16. Mai 1854, nachdem derselbe kaum etliche Monate über ein Jahr von ihm war bekleidet worden; da nämlich ernannte ihn der Bischof zum

Direktor der Weltpriester-Congregation zu Kevelaer.

Der Gedanke, durch eine innige Vereinigung die in der Welt stehenden Priester vor den Gefahren ihrer vereinzelten Stellung mitten in der Welt möglichst zu schützen und den rechten priesterlichen Geist in ihnen erhalten zu helfen, war nicht neu; er hatte im Verlauf der Geschichte unserer hl. Kirche zu aller Zeit seine Vertreter gefunden. Er war es, welcher den hl. Augustinus, Chrodegang von Metz und in neuerer Zeit den gottseligen Bartholomäus Holzhauser zur Einführung des gemeinschaftlichen Lebens vermocht hatte. Die Ueberzeugung von den wesentlichen Vortheilen des rechten Zusammenlebens unter den Geistlichen war es auch, welche, wie schon oben erwähnt wurde, die beiden Kapläne zu Beckum, v. Ketteler und Brinkmann anregte, nebst einem dritten Geistlichen daselbst in einem Hause zusammen zu wohnen und nach einer gemeinschaftlichen Tagesordnung zu leben, um dann auch in demselben Geiste thätig zu sein.

Was Wunder, daß die großen Vortheile, welche sie für ihre Person und Wirksamkeit davon erfuhren, ihnen den Wunsch nahe legten, eine ähnliche Vereinigung auch in weiteren Kreisen unter den Weltpriestern eingeführt zu sehen. Es war für sie ein Lieblingsgedanke, in welchem auch der für alles Gute begeisterte Generalvikar Melchers und mehrere heilsbegierige und seeleneifrige Priester mit ganzem Herzen eingingen. Dem hochwürdigsten Bischofe Johann Georg aber war derselbe wie aus dem Innersten seiner Seele entnommen.

Nachdem die Sache lange und reiflich überlegt worden, erhielt Brinkmann den Auftrag, einen Entwurf zu den Statuten der zu gründenden Congregation herzustellen, welcher dann nach eingehender und mehrseitiger Prüfung unterm 7. April 1854 die Bestätigung des hochwürdigen Bischofs erhielt.

Da dem ursprünglichen Statute der Gedanke zu Grunde lag, so viel als möglich unter den Weltpriestern der einzelnen Gemeinden das eigentliche gemeinschaftliche Leben einzuführen, so wurde zunächst der berühmte Wallfahrtsort Kevelaer ins Auge gefaßt. Daselbst wohnten nämlich sämmtliche für die Seelsorge der Pfarre und für die zahlreichen Pilger angestellten Priester in dem sogenannten Fraterhause ohnehin zusammen. Unter ihnen wurde also die neue Congregation eingeführt und Brinkmann unterm 16. Mai 1854 zum Direktor derselben ernannt. Am 16. Juni aber führte Bischof Johann Georg ihn in Gegenwart der Dechanten des rheinischen Antheils der Diözese und der Ortsgeistlichkeit in sein neues Amt, als Direktor der Congregation und zugleich als Rektor der Gnadenkapelle feierlich ein.

Sämmtliche dortige Mitglieder der Congregation erinnern sich mit freudiger Genugthuung der Jahre, welche sie unter der ebenso väterlichen, als einsichtigen und weisen Leitung ihres ersten Direktors verlebten, und zählen sie zu den schöneren ihres Lebens.

Schon im nächsten Jahre wurde die Congregation auch zu Geldern eingeführt. Im Juni dieses Jahres (1855) nämlich wurde dem Direktor vom hochwürdigsten Bischofe die Verwaltung der Pfarre Geldern übertragen und die schwierige Aufgabe gestellt, die Verhältnisse dieser Gemeinde, welche durch traurige Vorkommnisse in große Verwirrung gerathen waren, wieder zu ordnen und zu regeln. Der Direktor lösete die ihm gestellte Aufgabe mit gewohnter Umsicht, aber zugleich mit großer Energie, so daß bis zum Ende des Jahres Alles dahin geordnet war, daß ein neuer Pfarrer angestellt werden mochte, welcher im folgenden Jahre installirt wurde. Diese Zeit war zugleich dazu benutzt, um auch in Geldern die Congregation und das gemeinschaftliche Leben einzuführen.

Nachdem diese Angelegenheit ihre Regelung gefunden hatte, nahm der Direktor seinen Wohnsitz wieder in Kevelaer und verharrete daselbst bis zum Jahre 1857, wo er zum Direktor der Erziehungsanstalt zu Haus Hall und bald darauf zum Generalvikar ernannt wurde; jedoch blieb er auch in diesen neuen Stellungen Direktor der Congregation, indem in den betreffenden Häusern einem Präses die Oberleitung übertragen wurde. Erst im Jahre 1866 wurde er auf seinen „durch seine sonstigen sehr zahlreichen Geschäfte wohlbegründeten Wunsch" von diesem Amte entbunden.

Es war in demselben Jahre, als Bischof Johann Georg, geleitet von dem Wunsche, dem Segen einer solchen Priester=Congregation eine desto weitere Verbreitung in der Diözese zu verschaffen, und nach vorheriger Vernehmung des Direktors und der Mitglieder der Congregation, welche er zur Berathung dieses Gegenstandes um sich versammelt hatte, einige Veränderungen im Statute vornahm, deren wesentlichste darin bestand, daß das gemeinschaftliche Leben in der Art, wie es zu Kevelaer bestand, obwohl überall, wo seine Einführung möglich sei, hochwünschenswerth, doch nicht unbedingt von den Mitgliedern der Congregation gefordert werden solle. Seitdem hat die Zahl der Mitglieder von Jahr zu Jahr einen namhaften Zuwachs gewonnen.

Wir glauben diesen Punkt nicht besser beschließen zu können, als indem wir den Anfang des bischöflichen Begleitschreibens, welches Johann Georg dem neuen Statuten=Entwurfe hinzufügte, hiehersetzen. Daraus wird man am Besten das Wesen und die Bedeutung der Congregation erkennen.

„An die ehrwürdigen Mitglieder der Weltpriester=Congregation von Kevelaer. Vielgeliebte, ehrwürdige Brüder, Gruß und Segen in Christo dem Herrn! Indem wir Euch anbei das Statut der in Kevelaer errichteten Weltpriester=Congregation überreichen, glauben wir dasselbe mit einigen erläuternden Worten begleiten zu müssen, damit Absicht und Zweck dieser Institution um so sicherer und klarer erkannt werden, denn nur das klar und sicher Erkannte kann einer festen und bestimmten Ausführung sich zu erfreuen haben.

Von jeher hat in der Kirche Gottes das Bestreben sich kundgegeben, Einrichtungen zu treffen und zu befördern, durch welche dem Priesterstande die Anwendung und Durchführung der ihm zu seiner eigenen Vervollkommnung und zum größeren Wohle der Gemeinden von der Kirche gegebenen Vorschriften und Lebensregeln erleichtert und er in den Stand gesetzt werde, sicherer die Gefahren, die ihn bedrohen, zu überwinden und größere Erfolge für das Reich Gottes zu erzielen. Weil zu keiner Zeit verkannt werden konnte, daß ein großes Hinderniß der Erreichung höherer und größerer Erfolge sowohl in Beziehung auf die eigene Heiligung als auch auf die der Gläubigen in der Vereinzelung der Priester liege, so gingen fast alle solche Versuche und Bestrebungen von Seiten kirchlicher Vorsteher oder anderer erleuchteter Gottesmänner darauf hin, das gemeinsame Leben der Priester so viel als möglich zu fördern und demselben eine möglichst ausgedehnte Verbreitung zu geben. Obgleich diese Bemühungen, die im Laufe der Jahrhunderte sich in verschiedener Weise wiederholt haben, keineswegs erfolglos blieben, so haben doch die Anstalten und Einrichtungen, welche daraus hervorgegangen sind, im Allgemeinen meist nur eine nach Raum und Zeit engbegrenzte Ausdehnung gewonnen. Wie sehr man das zu beklagen haben mag, wenn man nach den Berichten, die z. B. über die Holzhauser'schen Weltpriester=Anstalten vorhanden sind, urtheilen darf, so scheint es uns doch nicht, daß damit die hoffnungslose Betrachtung begründet sei, als müsse man darauf verzichten, ein wirksames allgemein anwendbares Mittel zu finden, welches die Gefahren und Nachtheile der Vereinzelung der Weltpriester zu vermindern und die Vortheile zu gewähren geeignet sei, die man von der vita communis erwartet. Das Gegenmittel gegen die Vereinzelung liegt in der Herstellung eines so viel möglich engen Verbandes der Priester unter einander. Wenn derselbe auch nicht gerade die vita communis in sich schließt, so kann er doch bei zweckmäßiger Einrichtung sehr viele Vortheile bieten; ohnehin ist es ja der Natur der Sache nach nicht möglich, daß alle Priester in einer vita communis leben. Die Vortheile der letztern würden aber unstreitig, wenigstens annäherungsweise, zu gewinnen sein, wenn dem zu errichtenden engern Verbande unter den Weltpriestern eine Einrichtung gegeben werden könnte, wodurch ein möglichst belebter Verkehr gleichgesinnter Priester mit einander, ein möglichst enges Anschließen derselben an einander und ein möglichst thätiges Einwirken derselben auf einander trotz äußerer Getrenntheit zu erreichen wäre. Dies ist der Gedanke, aus welchem der Entwurf des beikommenden Statuts hervorgegangen ist. Nachdem die Erfahrung von einem Zeitraume von 10 Jahren, seit welchem in unserer Diözese ein dem Holzhauser'schen ähnliches Institut für Weltpriester, bei welchem die vita communis und die davon unzertrennliche Gemeinschaft der Einkünfte festgehalten war, begonnen wurde, es hat erkennen lassen, daß die obwaltenden Verhältnisse eine irgend erkleckliche Ausdehnung des Instituts zur Zeit noch nicht erwarten lassen, hat man sich die Frage gestellt, ob nicht eine engere, zweckmäßig organisirte Verbindung unter den Priestern, wenn auch ein eigentliches gemeinschaftliches Leben unter einem Dache und die Verzichtung auf eigenen Besitz und freie Verwaltung desselben durch den einzelnen Priester nicht damit verbunden wäre, den Priestern einen immer noch sehr großen Vortheil für ihr geistiges Leben und Wirken bieten würde. Das Ziel, welches frühere Beförderer der vita communis bei der Weltgeistlichkeit vor Augen hatten, war ja eigentlich kein anderes, als den Priestern ein wirksames Mittel zu bieten, welches für sie eine kräftige Hülfe und Stütze sei zur vollständigern und beharrlichern Ausführung der Anforderungen und Vorschriften, welche die Kirche an die Priester stellt. Das gemeinsame Leben nebst den daraus hervorgehenden anderweitigen Regeln, wie z. B. der Ausschluß von Privateigenthum u. a., welches in früheren Zeiten erstrebt wurde, war nicht für sich selbst Zweck, sondern eben nur ein Mittel zu dem angedeuteten Zwecke. Läßt sich unter den in einer Diöcese zerstreut lebenden Priestern ein lebhaft unterhaltener Verkehr, eine vielfache wechselseitige Einwirkung auf einander einrichten und unterhalten, so wird es nicht bestritten werden können, daß ähnliche Wirkungen davon zu erwarten sein dürften, wie von der vita communis. Auch in dem Holzhauser'schen Institute konnten nicht alle Priester sich der vita communis erfreuen, aber man hoffte mit Recht, daß die zu ihm gehörigen Priester, auch wenn sie allein standen, durch den mit der Genossenschaft unterhaltenen möglichst lebendigen Verband vieler Vortheile theilhaft würden, deren sich jene Andere erfreuten, die täglich einander belehren, ermahnen und ermuntern konnten.

Diese Betrachtungen bilden die Grundlage des Statuts, welches wir hiermit den Priestern unserer Diöcese übergeben. Dasselbe legt keinerlei Last auf, die nicht mit dem Priesterstand von selbst verbunden ist und fordert keinen Verzicht und keine Entbehrung, die nicht schon in den Kirchengesetzen begründet wären; die Vorschriften aber, die es aufstellt, sind solche, die jeder Priester, wenn er im Sinne der Kirche ein vollkommener Priester sein will, sich selbst auflegen muß, weil er ohne dieselben kein vollkommener Priester werden kann: Eifer und Fleiß im Gebet, Betrachtung, Selbstüberwachung, Liebe der Wissenschaften, anhaltendes Studium, Flucht vor Gefahr und Müssiggang. Indem aber das Statut das alles regelt und ordnet und unter den Einfluß und die Ueberwachung einer Schaar gleichgesinnter Priester stellt, sichert es die ernstere, beharrlichere, gewissenhaftere und also auch wirksamere Anwendung jener Vorschriften, und es kann somit kaum anders erwartet werden, als daß für die Vervollkommnung der Priester und für die Fruchtbarkeit und den Erfolg ihres Wirkens ein großer Gewinn daraus hervorgehen werde.[1]

---

[1] Wir lassen hier zugleich die wesentlichsten Bestimmungen des Statuts folgen; da dasselbe in seinen Hauptzügen das Werk Johann Bernards ist, so ist eine solche Mittheilung unserer Aufgabe nicht fremd.

§ 1. Begriff. Die Mitglieder der Congregation sind Weltpriester. Sie unterscheiden sich im Wesentlichen nicht von dem übrigen Weltklerus. Aber, was jedem Weltpriester zu thun obliegt, sollen sie mit besonderem Eifer und möglichst vollkommen zu thun sich bestreben, überhaupt aus allen Kräften dahin trachten, möglichst vollkommene Priester zu werden. Sie haben sich vereinigt, um zu diesem Zwecke durch Gebet, Beispiel und brüderliche Zurechtweisung sich gegenseitig zu unterstützen. — § 2. Titel. Die Congregation führt den Titel „der schmerzhaften Mutter Gottes", weil ihre Mitglieder die hl. Jungfrau, welche, ein vorzügliches Vorbild für den Priester, das Allerkostbarste, was sie besaß, nämlich ihren göttlichen Sohn, zur Ehre des himmlischen Vaters und zum Heile der verlornen Menschheit in unaussprechlichen Schmerzen auf Golgatha

Rektor an der Gnadenkapelle zu Kevelaer.

Wir erwähnten schon oben, daß der neue Direktor der Congregation am 16. Mai 1854 von Johann Georg zugleich als Rektor an der Gnadenkapelle zu Kevelaer eingeführt wurde. Als solcher hatte er die Oberleitung der vielfachen Veranstaltungen, Feierlichkeiten und Geschäfte, welche die namentlich in den Sommermonaten so überaus zahlreichen und großartigen Wallfahrten mit sich führen. Dazu schien der hochw. Bischof nur darauf gewartet zu haben, daß Herr Brinkmann als Rektor zu Kevelaer eintrete,

---

zum Opfer brachte, zu ihrer Patronin gewählt haben, und sich deren Verehrung besonders angelegen sein lassen. Sie heißt „Congregation von Kevelaer", weil sie zu Kevelaer ihren Anfang genommen hat. — § 3. Bestimmung. Die Congregation ist ausschließlich ein Institut der Diözese Münster. Ihre Mitglieder stehen zu dem Bischofe der Diözese in demselben Verhältnisse, wie alle übrigen Diözesanpriester; sie sollen aber mit besonderm Eifer die Glaubenswahrheit stets lebendig in sich zu erhalten suchen, daß der Bischof Gottes Stelle bei ihnen vertritt, und darum immer und allzeit mit der größten Bereitwilligkeit seinen Anordnungen Folge leisten. — § 4. Mittel zur Erreichung ihres Zweckes. A. Aneignung der nöthigen Wissenschaften und Fertigkeiten. Darum 1. fleißiges Studium der theologischen Disziplinen, und zwar mit besonderer Berücksichtigung derjenigen, welche je nach ihrem besondern amtlichen Berufe vorzugsweise nöthig oder nützlich sind; 2. fleißige Vorbereitung zu den amtlichen Funktionen, insbesondere zu den Predigten und Katechesen. B. Uebung der Tugenden, welche dem Priester eigen sein müssen, nämlich: 1. Eifer für die Ehre Gottes und das Heil der Seelen. Darum Treue in Erfüllung der Berufspflichten; 2. Demuth und Selbstverläugnung. Darum Wachsamkeit gegen Herrschsucht und Eifersucht. 3. Gehorsam. Derselbe werde insbesondere geübt durch pünktliche und genaue Beobachtung a) der Kirchengesetze, b) der Diözesan-Statuten, sowie der Verordnungen des Bischofs, c) der Statuten, der Congregation, d) der Vorschriften des Direktors der Congregation resp. des Präses im Bereiche der Statuten. 4. Keuschheit. Die Mitglieder der Congregation sollen in ihrem Verkehr mit Personen andern Geschlechts stets die Regel des hl. Augustin vor Augen haben: „Der Verkehr sei selten, kurz und ernst." Für den Haushalt dürfen nur solche Personen gewählt werden, welche den kanonischen Bestimmungen entsprechen, und haben die Mitglieder ihnen gegenüber die Stellung zu wahren, welche der priesterliche Anstand erfordert. 5. Abtödtung. Darum Liebe zum Kreuz, Ueberwindung der Weichlichkeit, Trägheit und Genußsucht. 6. Standesmäßige Armuth. Die Mitglieder der Congregation halten an dem Grundsatze fest, daß die Einkünfte aus kirchlichen Benefizien Almosen sind, welche der Priester von der Hand der Kirche empfängt, um davon zunächst für seine Person einen standesmäßigen Unterhalt zu haben, dann aber den Ueberfluß zu frommen Zwecken zu verwenden. Auch in Betreff des Patrimonial-Vermögens wird von jedem erwartet, daß er bei der seinem Ermessen überlassenen Verwendung desselben stets die Grundsätze des Christenthums im Auge

um einem längst gefühlten Bedürfnisse der Aufführung neuer für die Wahlfahrt und für die Gemeinde nothwendiger Bauten zu entsprechen. Schon im Juli des Jahres 1854 erging die Aufforderung an den neuen Rektor, die Sache einzuleiten. Es handelte sich um nichts Geringeres, als um den Bau einer neuen großen und schönen Wallfahrtskirche, da die vorhandenen Räumlichkeiten für so viele Pilger durchaus nicht ausreichten. Daran schloß sich auf den Vorschlag des Rektors der Plan, ein angemessen geräumiges Lokal zum Beichthören für die Pilger (eine Beichthalle) herzustellen.

Die vom Rektor geleiteten Vorbereitungen zu so umfangreichen Bauten nahmen mehrere Jahre in Anspruch, bis im Anfange des Jahres 1857 der Bau der Beichthalle und im fol-

---

behalte. Darum Verabscheuung des Geizes, Vermeidung des Luxus und der Verschwendung. — Ueber das aus kirchlichen Benefizien gewonnene Vermögen darf nur zu frommen Zwecken testirt werden. 7. Liebe des Nächsten. Brüderliche Liebe zu den geistlichen Amtsbrüdern, Gastfreundschaft, Geduld, Sanftmuth, brüderliche Zurechtweisung, Vermeidung des Aergernisses. C. Fleißiger Gebrauch der Tugendmittel. 1. Oesterer und andächtiger Empfang der hh. Sakramente, namentlich a) Andächtige Darbringung des h. Meßopfers, b) acht-, oder wenigstens vierzehntägliche Beichte. 2. Eifer im Gebete. — Folgende Gebete und Uebungen dürfen ohne ganz wichtigen Verhinderungsgrund keinen Tag unterbleiben: a) andächtiges Morgen- und Abendgebet, b) eine halb- oder wenigstens viertelstündige Betrachtung, wo möglich gleich nach dem Morgengebete, c) Vorbereitung zur h. Messe, d) Danksagung nach der h. Messe, die wenigstens eine Viertelstunde dauern soll, e) andächtiges und so viel thunlich rechtzeitiges Beten des Breviers, f) Gewissenserforschung wenigstens am Abend. Wenn es Zeit und Umstände erlauben, wird für jeden Tag bringendst empfohlen: a) eine viertelstündige Lesung der h. Schrift abwechselnd mit einer ascetischen Schrift, b) Besuchung des allerheiligsten Sakraments, c) der Rosenkranz oder die lauretanische Litanei. 3. Jedes Jahr einmal acht- oder wenigstens viertägige geistliche Uebungen. D. Besondere Gebete. 1. Jedes Mitglied der Congregation betet täglich drei „Gegrüßet" zu Ehren der schmerzhaften Mutter Gottes für das Wohl der Congregation, in der Regel gleich nach der h. Messe bei der Danksagung. 2. Liest jedes Mitglied jährlich eine h. Messe zu Ehren der schmerzhaften Mutter Gottes, wo möglich am Feste der sieben Schmerzen Mariens, dem Patronsfeste der Congregation, für die lebenden Mitglieder der Congregation. 3. Liest jedes Mitglied jährlich eine h. Messe für die verstorbenen Mitglieder der Congregation. 4. Außerdem wird beim Tode eines Mitgliedes von jedem Priester, sobald der Todesfall zu seiner Kenntniß kommt, eine h. Messe gelesen. E. Lebensordnung. Die Mitglieder der Congregation dürfen den Grundsatz nicht aus dem Auge verlieren, daß, wer gottgefällig leben will, nach der Ordnung leben muß. Darum seien ihre Geschäfte gehörig geordnet, ihre Zeit zweckmäßig eingetheilt: für das Gebet und die geistlichen Uebungen,

genden Jahre der Bau der großartigen Wallfahrtskirche¹) begann. Und obgleich der Rektor schon bald darauf abberufen wurde, so nahm er dennoch mit dem hochw. Bischofe an der Vollendung des Baues fortwährend den regsten Antheil, so daß dies herrliche Gotteshaus mit Recht als Johann Georgs und **sein Werk** gilt.

So sehr aber auch diese baulichen Unternehmungen den Rektor in Anspruch nahmen, so litt dadurch dennoch der Eifer, womit er sich stets der Pilger und ihrer geistlichen Bedürfnisse annahm, nicht den geringsten Eintrag. Er war unermüdlich im Beichtstuhle und sorgte auf jede Weise für die Hebung des Gottesdienstes. Wie viel insbesondere die Wallfahrt der Energie des Rektors in Anregung und Ausführung der gedachten Neubauten zu verdanken habe, können nur die ermessen, welche die früheren Verhältnisse, namentlich rücksichtlich des Beichthörens und des Gottesdienstes gekannt haben.

In der Pfarrgemeinde Kevelaer aber steht sein seeleneifriges seelsorgliches Wirken in einem lebendigen dankbaren Andenken. Insbesondere gedenkt man noch heute sehr lebhaft gewisser Predigten, worin der Rektor in Folge einer Vereinbarung im Anschlusse an die ähnlichen Predigten der übrigen Geistlichen jene Wahrheiten, welche bei den Missionen zum Vortrage zu kommen pflegen, behandelte. Eine dieser vom Rektor gehaltenen Predigten wirkte geradezu erschütternd auf die sämmtlichen Zuhörer, und

---

für die Berufsarbeiten, für das Studium, für die Erholung und den Schlaf. Sieben Stunden für den Schlaf reichen in der Regel hin. Ernstliche Vermeidung des Müssiggangs. § 5. **Aeußere Organisation.** 1. Die Mitglieder der Congregation unterscheiden sich in ihrer äußern Lebensweise, namentlich in der Kleidung, nicht von den übrigen Priestern der Diözese. 2. Der Congregation steht ein Direktor vor, welcher im Namen des Bischofs dieselbe leitet. Er wird vom Bischofe gewählt. 3. Die ganze Congregation wird in Bezirke getheilt, die aber nicht zu groß sein sollen. Jedem Bezirke steht ein Präses vor, welcher über die Beobachtung der Statuten zu wachen hat. (In Folgendem ist Rede von Versammlungen der Bezirke, von Visitationen des Direktors u. s. w.) 7. Jedes Mitglied der Congregation erneuert jährlich nach Abhaltung der geistlichen Exercitien dem Bischofe schriftlich das Versprechen, daß es die Statuten ferner pünktlich zu beobachten gewillt sei. 8. Es wird bringend gewünscht, wenn mehrere Congregations-Mitglieder an einem Orte sich befinden, daß dieselben zusammen wohnen, wenigstens zusammen speisen, falls es die Umstände erlauben.

¹) Ihre Vollendung bis auf den Thurm, der vorläufig unvollendet blieb, fand sie im Jahre 1864, wo am 3. Juli mit einer überaus großen Feierlichkeit durch Bischof Johann Georg unter Assistenz von 5 Bischöfen die Einweihung stattfand.

wie sehr das mächtige Wort in die Herzen gegriffen hatte, bewies die lange, lange Reihe von Generalbeichten, welche auf dieselbe erfolgten.

Auch noch in einer andern Beziehung entfaltete der Direktor und Rektor in den Jahren, wo er zu Kevelaer stand, eine gesegnete Wirksamkeit, indem er von Johann Georg und dessen Generalvikar Melchers, welche beide seine seltene Einsicht und praktische Tüchtigkeit immer mehr schätzen lernten, zu den wichtigsten und schwierigsten Commissorien in Anspruch genommen wurde. Eines der wichtigsten war die Einführung einer Anstalt für verlassene und verwahrlosete Knaben auf dem Hause Hall bei Coesfeld.

Direktor der Erziehungsanstalt zu Haus Hall.

Es war im Jahre 1854, als die Landstände der Provinz Westfalen mit dem Bischofe Johann Georg von Münster in Unterhandlung traten wegen Uebernahme der bisher von der Regierung im sog. Landarmenhause zu Benninghausen (im Paderborn'schen) untergebrachten verwahrlosten Kinder. Immer lauter waren nämlich die Klagen über die traurige Lage dieser armen Kinder geworden. Ursprünglich bestimmt, Vagabunden aufzunehmen und als Besserungsanstalt für Trunkenbolde und sonstige verkommene Subjekte zu dienen, hatte das gedachte Landarmenhaus mit der Zeit auch viele arme und verwahrlosete Kinder aufgenommen, um für ihre Erziehung zu sorgen. Ihre Zahl stieg zuweilen auf 2—300. Mädchen und Knaben, Protestanten und Katholiken fanden ohne Unterschied Aufnahme. Alle, welche die Anstalt näher kannten, waren überzeugt, daß der Aufenthalt in derselben den armen Kindern vielmehr zum Verderben als zum Heile gereichte.

Kein Wunder! Während schon die häusliche Einrichtung ganz und gar für nicht eine solche Anstalt geeignet war (man benützte, da ursprünglich der Zweck einer solchen Anstalt für Kinder gar nicht vorgelegen hatte, die vorhandenen, meist unfreundlichen und unangenehmen Räumlichkeiten zweier Nebengebäude), so fehlte es auch an der erforderlichen Aufsicht, da z. B. für so viele Knaben neben einem Lehrer nur zwei Aufseher da waren, welche unmöglich eine solche Zahl von Kindern gebührend überwachen konnten, und von denen überdies laut genug gesagt wurde, daß sie Abends das Haus verließen, um den Vergnügungen des Wirthshauses oder Liebschaften zu fröhnen. Dazu gingen sämmtliche Knaben, katholische wie protestantische, in dieselbe Schule, an welcher abwechselnd ein katholischer und ein protestantischer Lehrer angestellt wurde (!). Ferner diente den Kindern derselbe Platz, welcher auch den Bewohnern der Besserungsanstalt zur Erholung angewiesen war, als Spielplatz. Zwar sollten diese wie jene stets unter Aufsicht stehen und war auch den Kindern eine bestimmte Grenze angewiesen, über welche sie nicht hinauskommen sollten; aber dadurch wurde nicht verhindert, daß dieselben mit jenen verkommenen Subjekten in Verkehr traten und Manches zu sehen und zu hören hatten, was ihnen verderblich war.

Genug, es trat bei den Zöglingen der Anstalt mehr und mehr eine sittliche Verwilderung ein und steigerte sich in solchem Grade, daß der Provinzial-Landtag, welcher auf erhaltene Kunde diese Sache in ernste Erwägung zog, sich zu dem Beschlusse veranlaßt fand, die Kinder von der dortigen Anstalt gänzlich hinwegzunehmen und in getrennten Anstalten unterzubringen. In der That wurde seitens der protestantischen Mitglieder des Landtages schon bald gesorgt, daß die protestantischen Zöglinge in gewisse Rettungshäuser aufgenommen werden; die katholischen Mitglieder traten, wie schon gesagt, wegen Uebernahme der katholischen Zöglinge zur Erziehung mit dem hochwürdigsten Herrn Bischof Johann Georg von Münster in Unterhandlung.

Und beseelt von Mitleid und Erbarmen über die armen Kinder und voll Verlangens, diese Seelen zu retten, ging der hochwürdigste Herr mit dem Vertrauen auf Gott, welches ihm in so hohem Grade eigen war, in den Antrag ein, und fand sich bereit, die katholischen Zöglinge gegen die Zusicherung von verhältnißmäßig höchst geringer Unterstützung seitens des Landtages zu übernehmen. Die katholischen Mädchen wurden demnächst auf Vermittelung des Bischofs von den Schulschwestern zu Coesfeld („von Unserer Lieben Frau") übernommen.[1] Wegen der Uebernahme der katholischen Knaben wandte sich der Bischof an die neugegründete Priester-Congregation zu Kevelaer.

So schwach auch die Kräfte dieser Congregation noch waren, ihr Direktor, unser Johann Bernard, nahm wegen der Wichtigkeit der Aufgabe und im Vertrauen auf Gott den Antrag an und wurde vom hochw. Bischofe zum ersten Direktor der neuzuerrichtenden Anstalt ernannt.

Ein in der Nähe von Gescher (unweit Coesfeld) gelegenes, vor nicht so langer Zeit zu einer Vikarie vermachtes Landgut, das Haus Hall, wurde für die neue Anstalt vom hochwürdigsten Bischofe ausersehen, weil es durch seine Lage und wegen des dazu gehörenden nicht geringen Grundbesitzes besonders dazu geeignet schien. Das sehr geräumige zweistöckige Vikarienhaus erfuhr sofort unter der Leitung des neuernannten Direktors die entsprechenden inneren Veränderungen und wurde durch den Anbau eines Flügels erweitert, wie denn auch weiterhin auf die Beschaffung des Nothwendigen Bedacht genommen wurde.

---

[1] Auch sie haben demnächst in der Nähe von Coesfeld eine besondere Anstalt für verwahrloste Mädchen (die „Marienburg") errichtet, worin eine namhafte Zahl derselben auf's Beste erzogen wird.

Während anfänglich die Eröffnung der Anstalt schon für das Jahr 1855 in Aussicht genommen war, verzögerte sich wegen Ungunst der Verhältnisse die gänzliche Fertigstellung bis zum Juli 1857. Da konnten die Zöglinge in Empfang genommen werden. Am 1. Juli langte die erste, am 8. die zweite, am 15. die letzte Abtheilung der Zöglinge zu je 25, im Ganzen also 75 Knaben von Benninghausen an. Schon vorher waren nebst dem neuen Direktor noch ein zweiter Congregationspriester, zwei Lehrer und mehrere brave junge Leute, welche sich sämmtlich bereit gefunden hatten, um Gottes willen der neuen Anstalt zu dienen und unter der Oberleitung des Direktors die Aufsicht über die Zöglinge zu führen, eingetroffen. Bereits hatten sie in Kevelaer die entsprechende Vorbereitung für ihren neuen Beruf, so viel möglich, erfahren.

Der Anfang der neuen Anstalt bot unsägliche Schwierigkeiten. War es schon an sich eine höchst schwere Aufgabe, eine so zahlreiche Schaar von „vielfach in hohem Grade" verwilderten Knaben zu leiten und zu erziehen, so wurde die Schwierigkeit noch erhöht durch den Umstand, daß dieselbe für die Mehrzahl der dabei Betheiligten neu war und ihnen noch keine wesentlichen Erfahrungen zur Seite standen.

Darauf nahm nach und nach Alles einen fast über alles Verhoffen günstigen Verlauf. Der Direktor brachte es durch die Ruhe, in welcher er trotz aller Schwierigkeiten verharrte, durch die Umsicht und Energie, womit er sie zu überwinden verstand, durch die Einsicht und Ueberlegung, womit er Alles angriff und durchführte, zu Stande, daß man den dornenvollen Anfang des Weges glücklich zurücklegte und das Ganze mehr und mehr den Charakter einer wohlgeordneten Anstalt gewann.

Die beiden Schulen, welche zunächst eröffnet wurden, fanden nach und nach ihren regelmäßigen Gang. Schwierig war die Aufgabe, für die Zwischenzeiten, wo solche Knaben doch nicht fortwährend müßig sich selbst überlassen werden durften, angemessene Arbeit zu finden; der Direktor nahm, nachdem die Knaben die erste Zeit mit Flechten von Strohmatten (was sie z. B. gelernt hatten) beschäftigt worden waren, Arbeiten im Garten und auf dem Felde (Ausroden von Hecken, Ausgrabung der Teiche, welche das Haus umgeben, Fortschaffung der Erde u. s. w.) in Angriff. Und gerade diese mehrfach recht anstrengenden körperlichen Arbeiten boten das Mittel, insbesondere der Unsittlichkeit der Knaben zu steuern.

Dieselbe hatte nämlich in wahrhaft erschreckender Weise unter diesen unglücklichen Knaben um sich gegriffen; nur zu Viele aus ihnen hatten unter den nachtheiligen Einflüssen ihres bisherigen Aufenthalts an ihrer jugendlichen Unschuld Schaden genommen. Dabei traten auch im Uebrigen mancherlei Unarten und Verkehrtheiten zu Tage. Man hatte es sich zum Grundsatz gemacht, die armen Knaben durch liebevolle väterliche Behandlung für sich zu gewinnen, um so auf dem Wege der Belehrung und freundlichen Ermahnung sie wieder für's Bessere zu gewinnen. Aber man sah nur zu bald ein, daß auf diesem Wege allein nicht zum Ziele zu kommen sei. Es kamen nach und nach zu auffällige Beispiele von Frechheit und Widersetzlichkeit vor, als daß man schärfere, ja selbst die schärfsten Strafen hätte entbehren können. Man brachte sie in Anwendung und es blieb nicht ohne Wirkung. Aber nun machte man nicht lange darauf, glücklicher Weise früh genug, die Entdeckung, daß sich eine namhafte Zahl der Knaben, vierzehn an Zahl, im Geheimen förmlich verbündet und sich bereits durch Diebstahl in den Besitz der entsprechenden Kleidungsstücke gesetzt hatten, um bei der ersten Gelegenheit zu entweichen.

Kaum war die Sache hinlänglich in's Licht gestellt, da wurde durch den Direktor und seinen Gehilfen an ihnen ein Exempel statuirt, welches jeglichen Oppositionsgeist recht gründlich verscheuchte und auf's Wesentlichste dazu beitrug, die Anstalt in's rechte Geleise zu bringen. Alle nämlich, die bei der Sache betheiligt gewesen, wurden, nachdem sie zuvor eine gute Dosis Hiebe bekommen hatten, in eine Strafabtheilung gestellt; sie wurden getrennt gehalten, durften weder unter sich noch mit andern sprechen, und mußten dabei früh und spät aus einem Teiche die Erde herauswerfen und fortschieben — bis zur äußersten Ermüdung. Weigerlichkeit und Lässigkeit hatten ihre Hiebe zur Folge. Das wurde fast drei Monate lang fortgesetzt; aber es brachte gründliche Hülfe. Der Trotz und die Widersetzlichkeit war gebrochen; die Jungens sahen, daß man eventuell den bittersten Ernst nicht scheuete, und fingen an, sich mehr und mehr in die Ordnung und Regel zu fügen. War das auch anfänglich nur äußerlich, so gewannen nun nach und nach auch der heilsame Einfluß der regelmäßigen Schule und Arbeit Platz; es wurde möglich, den würdigen Empfang der hl. Sakramente anzubahnen, und so den Wirkungen der göttlichen Gnade Raum zu bereiten. Genug, die neue Anstalt war in das rechte Geleise gebracht, um sich allmählich zu dem Stande zu entwickeln, worin sie jetzt besteht, und welcher der Art ist, daß Alle, welche dieselbe besuchen und von ihrer Einrichtung und Beschaffenheit nähere Einsicht gewinnen, mit dem Eindrucke hoher Befriedigung sie verlassen. Selbstredend kann nicht erwartet werden, daß in einer solchen Anzahl der Erfolg der Erziehung bei allen Zöglingen den Wünschen entspreche; aber dennoch sind bei der großen Mehrzahl fortwährend die erfreulichsten Resultate zu Tage getreten. So erscheint denn eine solche Anstalt als die größte Wohlthat für so viele arme Knaben, die ohne sie nur zu leicht zu Grunde gehen würden; ja sie ist eine Wohlthat für die menschliche Gesellschaft überhaupt, und ihre Aufgabe eine der schönsten, die es geben mag!

Direktor Brinkmann stand freilich nur kurze Zeit an der Spitze der Anstalt (er wurde schon im November 1857 zum Generalvikar ernannt); dennoch nennt man dieselbe mit Recht sein Werk, nicht allein, weil er sie recht eigentlich in's Leben gesetzt und ihr gleich von Anfang an den rechten Geist eingehaucht, sondern auch, weil er fortwährend auch als Generalvikar und Bischof das regste Interesse für sie bewahrt und bewiesen und unaufhörlich mit Rath und That die Entwickelung derselben begleitet und geleitet hat.[1]

Mitglied der barmherzigen Bruderschaft.

Auch nach einer andern Seite hin begegnen wir einer ähnlichen edlen Wirksamkeit unsers Johann Bernard auf dem Felde liebevoller Thätigkeit für die verwahrloste Jugend, und obwohl dieselbe in die Zeit fällt, wo er Generalvikar war, so schließen wir doch unsere kurze Mittheilung darüber der Verwandtschaft wegen dem vorhergehenden Gegenstande unmittelbar an.

Zur Zeit nämlich, wo unser Direktor als Generalvikar in Münster eintrat, fand er daselbst unter dem Titel „Barmherzige Bruderschaft" einen Verein vor, welcher vor nicht so langer Zeit von edlen Menschenfreunden in's Leben gerufen sich den schönen Zweck gesetzt hatte, unter dem Schutze und nach dem Beispiele des hl. Vinzentius von Paula durch Gebet und Almosen das geistige und leibliche Elend bedrängter Mitmenschen zu lindern. Wie ein neben ihr bestehender Vinzenz-Verein einen ähnlichen Zweck mehr bei den Erwachsenen verfolgte, richtete die „Barmherzige Bruderschaft" ihre Thätigkeit darauf, verwahrlosten Kindern eine gute, christliche Erziehung zu verschaffen.

Während nämlich sämmtliche Mitglieder der Bruderschaft durch Geldbeiträge die nothwendigen Mittel zu besagtem Zwecke

---

[1] Gegenwärtig befinden sich 180 Knaben in derselben, welche theils von den königlichen Regierungsbehörden der Provinz Westfalen, theils von Armenverbänden, theils von Eltern und Vormündern ihr übergeben wurden. Die Leitung der Anstalt liegt in der Hand eines geistlichen Direktors, dem ein zweiter Priester helfend zur Seite steht. Außerdem wirken an der Anstalt 3 in einem Lehrerseminar gebildete Elementarlehrer und etwa 15 sogenannte Brüder, junge Leute, welche sich die Erziehung verwahrloster Knaben zum speziellen Lebensberufe gewählt haben. Küche, Wäsche und event. Krankenpflege besorgen 5 barmherzige Schwestern aus dem Clemenshospitale zu Münster, welche das mit der Anstalt verbundene Schwesternhaus bewohnen. Die Zöglinge wohnen täglich der hl. Messe in der Hauskapelle bei, empfangen in 5 täglichen Schulstunden den gewöhnlichen Elementarunterricht und werden mit verschiedenen Arbeiten beschäftigt, wie sie den Kräften und Fähigkeiten der Einzelnen angemessen sind, insbesondere mit Garten- und Ackerbau. Diejenigen aus ihnen, welche Neigung und Geschick zum Handwerke bekunden, finden in der Anstalt selbst, welche verschiedene von Brüdern als geprüften Meistern geleitete Werkstätten hat, Gelegenheit, ihre Lehrzeit zu bestehen. Wenn sie entlassen werden sollen, so wird, so viel möglich, für ein angemessenes Unterkommen in einer guten Familie gesorgt, wie denn in den folgenden Jahren das Betragen der Entlassenen nach Kräften überwacht wird.

zusammentragen und denselben im Gebete dem Herrn empfehlen, hat ein aus angesehenen Bürgern Münsters (3 Geistlichen, 3 Juristen, 3 Kaufleuten, einem Arzte und einem Gastwirthe) bestehender Vorstand (Comite) die Sorge dafür übernommen, die betreffenden verwahrlosten, resp. verwaiseten Kinder der Stadt Münster ausfindig zu machen, um sie demnächst bei guten christlichen Familien der Ortschaften in der Umgegend von Münster gegen einen bestimmten jährlichen Betrag zur Erziehung unterzubringen. An einem bestimmten Abende in jeder Woche treten sie zusammen, um die Vereinsangelegenheiten zu berathen. Es werden Kinder in Vorschlag gebracht, welche sich für die Aufnahme in die Zahl der Pfleglinge des Vereins zu empfehlen scheinen; findet die Aufnahme die Genehmigung der Versammlung, so wird das betreffende Kind einem Vorstandsmitgliede empfohlen, daß er für die Unterbringung desselben in den ihm angewiesenen Orte sorge; jedem Mitgliede ist nämlich eine bestimmte Gemeinde angewiesen, und hat dasselbe für die daselbst unterzubringenden Kinder eine passende Familie zu ermitteln, in Betreff der Uebernahme mit derselben einen Vertrag zu schließen und demnächst auf die in dieser Gemeinde untergebrachten Kinder ein Auge zu haben, wobei ihm die Geistlichen des Ortes und andere brave Persönlichkeiten hülfreich zur Seite zu stehen pflegen, welche auch zur Zeit das Erwünschte über die betreffenden Kinder berichten.

Die Ergebnisse dieser Bestrebungen der Bruderschaft sind in hohem Grade erfreulich. Ueberaus groß ist die Zahl der Kinder (Knaben und Mädchen), welche der Verein zu seinen Zöglingen zählte und zählt. Die Meisten aus denselben wurden aus häuslichen Verhältnissen und aus Familienkreisen entnommen, wo sie einem sicheren Verderben geweiht zu sein schienen, und dagegen in Familien eingeführt, wo sie als Kinder gehalten den unschätzbar heilsamen Einfluß eines echt christlichen Familienlebens und den Segen einer christlichen Erziehung erfahren und zu guten Menschen und zu würdigen Gliedern des Staates und der Kirche heran wachsen, um zur Zeit als gute und glückliche Menschen in der menschlichen Gesellschaft dazustehen.

Ein Mitglied des Vorstandes sprach sich darüber aus, wie er bei den Besuchen der Pfleglinge wiederholt Gelegenheit hatte, es mit Augen zu sehen, bei wie braven, vortrefflichen Leuten diese Kinder untergebracht waren, welch eine vortreffliche Pflege und Erziehung sie erfuhren, wie sie so frisch und fröhlich heranwachsend ihre Pflegeeltern wie Kinder liebten und von ihnen wie Kinder geliebt wurden; und wenn er mit diesem glücklichen Stande dann die Lage verglich, in welcher sie sich vordem befunden hatten und das Loos, was ihrer dort gewartet hätte, so fand er sich nicht selten tief, selbst bis zu Thränen gerührt.

Auch unser Johann Bernard wurde als Generalvikar Mitglied des Vereins und des Vorstandes, und zwar eines der eifrigsten. Mit dem regsten Eifer fand er sich bei den wöchentlichen Sitzungen ein, nahm an den Berathungen den lebhaftesten Antheil und trug durch seine seltene Lokal- und Menschenkenntniß auf's Wesentlichste dazu bei, daß die Dispositionen mit der rechten Vorsicht und Umsicht gemacht und die Zwecke des Vereins in so hohem Grade erreicht wurden. Und so sehr er auch von den mancherlei und wichtigen Obliegenheiten seines amtlichen Berufes in Anspruch genommen war, so wußte er es dennoch zu überlegen, bei den Besuchen der Kinder seitens des Vorstandes in den Sommermonaten gegenwärtig zu sein, wie er dabei dann keine Mühe scheute, oft auf langen und beschwerlichen Wegen die einzelnen Kinder zu besuchen, und durch die Art und Weise, womit er sich zu den Kindern und Pflegeeltern herabzulassen verstand, diese Besuche in hohem Grade nützlich zu gestalten wußte.

Das wurde denn auch von den übrigen Mitgliedern des Vorstandes in aller Weise anerkannt. So groß daher auch zur Zeit ihre Freude war, ihn auf den Stuhl des hl. Ludgerus erhoben zu sehen (und sie legten ihm dies auf die ehrendste Weise an den Tag), so sehr wurde es bedauert, ihn, wie man glaubte, nunmehr aus dem Vorstande ausscheiden sehen zu müssen. Aber dieses Leidwesen sollte doch nicht ganz ihnen bereitet werden. Der neuerwählte Bischof erklärte dem zur Beglückwünschung bei ihm erschienenen Vorstande, daß es ihm zu besonderer Freude gereichen würde, auch fernerhin Mitglied des Vorstandes bleiben und zeitweilig bei den Sitzungen in der Mitte seiner Freunde erscheinen zu dürfen. Braucht gesagt zu werden, daß der Vorstand eine solche Erklärung sich zur höchsten Freude und Ehre rechnete? Und so geschieht es denn, daß unterweilen, wenn Amt und Geschäft es gestattet, der hochw. Bischof in den Sitzungen erscheint und an den Verhandlungen Theil nimmt und diese Stunde für die Mitglieder zu einer glücklichen macht, wie er denn auch gern einmal im Jahre den Vorstand im bischöflichen Hause zu einem traulichen Mahle um sich versammelt.

Sind wir in unsern beiden letzten Punkten etwas umständlich geworden, so ist das, wie uns dünkt, dem Zweck unserer Arbeit nicht fremd, da das Gesagte unsern Johann Bernard in so schönem Lichte erscheinen läßt. Oder was könnte einen Bischof besser kennzeichnen als einen wahren Diener Jesu Christi, des großen liebevollen Kinderfreundes, der gesprochen hat: „Wer sich eines Kindes annimmt, der nimmt sich Meiner an"? Und in unserem Falle handelt es sich um diejenigen unter den Kindern, die dem h. Herzen Jesu um so näher stehen, je gefährdeter sie sind.

Generalvikar der Diözese Münster und Kapitularvikar.

Kaum hatte der Direktor Brinkmann die Anstalt zu Haus Hall in das Geleise einer geregelten Erziehung eingeleitet, als durch die Berufung des Generalvikars Melchers zum Bischof von Osnabrück die wichtige Stelle eines Generalvikars der Diözese Münster vakant wurde. Nach dem regen Interesse, welches man in der Diözese für die Besetzung dieses hervorragenden Postens trug, hörte man dieserhalb mehrere Namen tüchtiger Männer. Die Wahl fiel auf Direktor Brinkmann.[1]) Seine Ernennung erfolgte am 4. November 1875.

Beweis, daß die Wahl eine glückliche gewesen, ist vor Allem das unbedingte Vertrauen, welches der hochvortreffliche Bischof Johann Georg seinem Generalvikar, von Jahr zu Jahr in höherem Grade, schenkte, und welches hochderselbe uns mehr als einmal in warmen Worten ausgesprochen hat. Und wenn der hochselige Bischof in der Diözese in Folge seiner Maßnahmen und insbesondere in Betreff der Besetzung der Stellen den Ruf seltener Einsicht und Weisheit genoß, so hat ohne Zweifel sein Generalvikar, ohne dessen Rath er nichts von Bedeutung vornahm, keinen geringen Antheil an diesem Rufe.

Zu dem neuen Bischofe von Osnabrück aber, dessen Nachfolger er geworden, stand der Generalvikar von Münster seitdem noch mehr, wie vordem, in dem Verhältnisse der innigsten Freundschaft, welche auch nach dessen Ernennung zum Erzbischof von Köln fortbestand. Und gern vernahm der Bischof und Erzbischof in den vielfach so schwierigen Aufgaben dieser seiner beiden hohen Stellungen wie auch seiner Stellung als „Apostolischer Provikar der Nordischen Missionen von Deutschland und Dänemark" die Ansicht und den Rath seines Freundes, von dessen praktischer Tüchtigkeit er als Generalvikar so manche Probe erfahren hatte.

Mit ihm machte unser Generalvikar auch im Frühjahre 1860 eine Reise nach Rom, zu den Gräbern der hl. Apostel; und obgleich der Aufenthalt daselbst nicht von sehr langer Dauer war, weil der Bischof Paulus wegen der Eröffnung der Provinzial-Synode zu Köln die Heimreise beschleunigen mußte, so verstand er dennoch denselben in einer Weise zu benutzen, welcher von den Sehenswürdigkeiten und hl. Stätten Roms keine seiner hingebenden Aufmerksamkeit entgehen ließ, so daß man in der Folgezeit bei seinen Mittheilungen sich wundern mußte, wie er in so kurzer Zeit eine solche Kenntniß von Rom sich habe aneignen

---

[1]) Es war etliche Wochen vorher, als ein Mitschüler von Brinkmann, von einem Freunde gefragt, wer wohl Generalvikar werden möge, erwiderte: „Ich weiß es eben so wenig, wie du. Würde ich aber gefragt, wen ich für diese Stelle geeignet erachte, so würde ich nicht einen Augenblick Anstand nehmen, zu antworten, daß Brinkmann der rechte Mann sei." Und der Freund, obwohl er bisher nicht an ihn gedacht hatte, stimmte sofort auf's Vollkommenste bei.

mögen. Braucht man zu bemerken, daß er von dem, was er in Rom gesehen und insbesondere von der Audienz beim heiligen Vater die erhebendsten Eindrücke mit in die Heimath nahm?

Nahezu dreizehn Jahre hatte er seinem Bischofe als ein treuer Generalvikar zur Seite gestanden und mehr als einmal bei der wiederholten längeren Abwesenheit desselben die Verwaltung der Diözese allein gehandhabt, als im Januar 1870 Johann Georg zum großen Leidwesen der Diözese durch den Tod abberufen wurde. Das sofort zur Wahl eines Capitularvikars zusammentretende Domkapitel wählte einstimmig am 19. Januar unsern Generalvikar, welcher nunmehr als solcher an der Spitze der Diözese stand.

Bischof von Münster.
Wahl und Consekration.

Kaum war der Stuhl des h. Ludgerus erledigt, als mehr und mehr Alle, welche die Bedürfnisse der Diözese zu würdigen verstanden und die vortrefflichen Eigenschaften des Generalvikars kannten, darüber einverstanden waren, daß derselbe der angewiesene neue Bischof der Diözese Münster sei.

Schon am 6. April fand die Wahl statt; sie fiel auf den Capitularvikar, und die große Einstimmigkeit der Wahl wie auch ihr rascher Verlauf darf als ein gutes Zeichen ihrer Güte geltend gemacht werden. Zu denjenigen, deren Wahl schon im Voraus auf den Generalvikar als den geeignetsten Nachfolger Johann Georgs gefallen war, gehörte auch ein Freund von ihm. Derselbe erklärte, daß seine Ueberzeugung von der Richtigkeit seiner Wahl nicht wenig an Festigkeit gewonnen habe durch die bei einer gewissen Gelegenheit aus der innersten Ueberzeugung und mit dem größten Nachdruck ausgesprochene Erklärung des Generalvikars, daß er für einen solchen Posten eben so unfähig, als desselben unwürdig sei. Und als er, da es sich schließlich als unzweifelhaft herausstellte, daß die Wahl auf ihn fallen würde, sich diesem Freunde gegenüber auf's Entschiedenste dahin aussprach, daß er die Wahl, wenn sie auf ihn fallen würde, unter keiner Bedingung annehmen würde, da bedurfte es, um ihn von diesem Vorhaben abzubringen, des ganzen Nachdruckes freundschaftlicher Mahnung und der ausdrücklichen Erklärung, es heiße, Gottes heiligem Willen widerstreben, wenn er unter solchen Umständen die Wahl ablehnen würde. — Nichts zieret und empfiehlt so sehr, als anspruchslose Bescheidenheit und Demuth im Urtheil über sich selbst.

Der Capitularvikar nahm die Wahl an, aber unter der mit großer Erregung der Gefühle vor dem Wahlkörper ausgesprochenen Erklärung, daß er, da er sich in jeglicher Hinsicht für unwürdig erachte, und sich gedrängt fühle, die Wahl abzulehnen, nur der

Erkenntniß des göttlichen Willens, die er nicht ablehnen könne, weiche.

Auch das äußere Zeugniß für die Güte der Wahl sollte nicht fehlen; die freudige Kundgebung, welche am Wahlmorgen die Bekanntmachung seiner Wahl im Dome zu Münster hervorrief, fand alsbald bei weiterer Verbreitung der Kunde ihren Wiederhall in allen Theilen der Diözese, wie denn auch die überaus zahlreiche Theilnahme, welche die Consekrationsfeier von den Diözesanen aus der Nähe und Ferne, von Laien und Geistlichen fand, dasselbe bezeugte.

Diese Feier fand statt am 4. Oktober 1870, am Feste des hl. Franziskus von Assisi. Die h. Handlung wurde vollzogen von dem hochw. Erzbischofe von Köln unter Assistenz des hochw. Bischofes von Mainz. So führte denn der seltene Tag diejenigen, welche schon seit Jahren durch das Band hl. Freundschaft auf's Innigste miteinander vereinigt waren, nun als Bischöfe der namhaftesten Diözesen Deutschlands zusammen, ein Umstand, der zur Hebung der Feier nicht wenig beitrug.

Herrliche Worte richtete der neukonsekrirte Bischof am h. Morgen in einer lateinischen Ansprache an den Klerus und darauf in einer Predigt an das Volk; es waren Worte voll apostolischer Einfachheit und Kraft, welche tief in die Herzen drangen. Bei der hohen Bedeutung und bei so schweren Pflichten des übernommenen Hirtenamtes habe er nur Vertrauen durch die Zuversicht der Hülfe des Herrn, der ihn berufen habe, und im Hinblick auf den frommen Sinn der Diözesanen und auf die Hülfe der geistlichen Amtsbrüder; und so hoffe er, sein Amt zur Ehre Gottes und zum Segen der Diözese zu verwalten; dann setzte er hinzu: „Ja, Geliebte im Herrn, Gott ist mein Zeuge, daß ich guten Willens bin. Ich habe geschworen, daß ich der Kirche und euch ein guter Bischof sein will. Ich werde den Eidschwur nicht brechen. Das geistliche Eheband zwischen euch und mir ist geschlossen, ich habe den Treuring empfangen, ich werde ihn tragen bis in's Grab, ich werde ihn nicht zerbrechen. Ich werde euch die Treue halten. Ein wahrer Bischof will ich euch sein, ein Hirt, kein Miethling, der das Seine sucht. Ich werde unter euch nicht Ehre suchen, nicht Geld oder Gut oder Bequemlichkeit, ich werde Nichts suchen von dem, was die Welt bietet. Nein, nur euer Glück, euer wahres ewiges Glück suche ich, eure Seelen zu retten, euch den Himmel sicher zu stellen, das ist mein Verlangen und Begehren; dafür will ich arbeiten bis zum letzten Hauche meines Lebens. Um beßwillen werde ich keine Mühe, keine Anstrengung, kein Opfer scheuen, ja wenn's Gott so will, ich bin bereit, dafür mein Leben zu opfern; denn der gute Hirt giebt sein Leben für seine Schafe." Und damit er diesem seinen guten Willen treu bleibe, bat er auf's herzlichste um das Gebet der Zuhörer.

Auch in seinem ersten Hirtenschreiben richtet er, nachdem er nach der tiefsten katholischen Auffassung und mit erschöpfender Vollständigkeit das Bild eines wahrhaft guten Bischofs gezeichnet hat, folgende ergreifende Worte an seine neuen Diözesanen:

„Ich habe das bischöfliche Amt im Gefühle meiner großen Unwürdigkeit und der Unzulänglichkeit meiner Kräfte mit banger Furcht übernommen; ich habe es übernommen nur aus Besorgniß, ich möchte dem h. Willen Gottes zuwider handeln, wenn ich es ablehnte. Aber da ich im Gehorsam gegen diesen h. Willen Gottes es übernommen habe, so habe ich es auch übernommen mit dem aufrichtigen Willen und mit dem festen Entschlusse, unter dem Beistande der Gnade Gottes alles dafür einzusetzen, um den Anforderungen des h. Amtes zu entsprechen, und meiner Diözese ein solcher Bischof zu sein, wie ich ihn euch vorgezeichnet habe. Mit diesem Gelöbniß trete ich nun, wo ich mein erstes Hirtenwort an euch richte, im Geiste vor euch hin mit dem Gelöbnisse: Ein solcher Bischof will ich mit der Gnade Gottes euch sein, ein wahrhaft katholischer Bischof, und will all' meine Kraft, mein ganzes Leben dafür einsetzen, es immer vollkommener zu sein. Ich verkenne nicht einen Augenblick, wie groß das ist, was ich euch verspreche. Aber ich stehe fest in dem Vertrauen, daß der Herr, der die schwere Bürde des bischöflichen Amtes auf meine Schultern gelegt hat, mich nicht allein lassen, sondern mit seiner mächtigen Gnade mir zur Seite stehen werde. Darum will ich nicht ferner fürchten und zagen. Wenn der Herr mit mir ist, dann darf ich mit dem Apostel sagen: „Alles vermag ich." Ich vermag es, weil der Herr mich stärket. Und die Zuversicht dieses Vertrauens ist um so größer, je mehr ich erwarten darf, daß ihr, Vielgeliebte im Herrn! fortan mit Eurer Fürbitte mein Gebet unterstützen werdet.

Das war es vor Allem, was mich veranlaßt hat, das Bild eines Bischofes, wie er sein soll, vor euch zu entfalten. Ich habe es zwar auch gethan, auf daß ihr wüßtet, wie euer Bischof sein Amt auffasset, was er euch sein, was er unter euch erstreben will; ich habe es vorzugsweise gethan in der Hoffnung, daß ihr, wenn ihr die Bedeutung und den Umfang der Obliegenheiten eures Bischofes bestimmter in's Auge fassen würdet, euch dadurch um so mehr angeregt finden möchtet, mit großem Eifer für ihn zu beten und die Gnade erringen zu helfen, ohne welche er den hohen Anforderungen seines Amtes in ersprießlicher Weise nicht wird genügen können. So vertraue ich denn fest auf den Beistand eures frommen Gebetes. O, vielgeliebte Diözesanen! ich vermag es euch mit Worten nicht auszudrücken, wie erhebend und ermuthigend für mich der Gedanke ist, daß fortan viele Tausende meiner Diözese, angeregt durch ihren frommen Sinn und durch meine dringende Bitte, meiner in Andacht vor Gott eingedenk sein und ihre Bitten für mich vor den Thron des Allerhöchsten bringen werden. O ja, wenn das geschieht, dann wird die göttliche Gnade, durch solch' kindlich frommes Flehen für mich errungen, in reicher Fülle über mich und mein Wirken herabkommen; und so vielfältig und schwer auch die Aufgabe meines h. Amtes ist, so gering und unzureichend auch meine Kräfte sind, so werde ich dennoch hoffen dürfen, daß ich durch die Gnade Gottes die Aufgabe lösen und das bischöfliche Amt zum Segen der Diözese verwalten werde."

Bischöfliches Walten.

Nunmehr führte das Hirtenamt Johann Bernard mehr und mehr in die verschiedenen Kreise der Diözese. In der Bischofsstadt selbst erfreueten sich fortan insbesondere die Zöglinge der Anstalten (Gymnasium, Realschule, Dom- und Freischule) alljährlich bei der Feier der ersten h. Communion der Gegenwart ihres Bischofs und seiner väterlichen Ansprache. Und nach und nach erschien hochderselbe auf seinen zahlreichen Firmungsreisen in den einzelnen Gemeinden der Diözese. Durch sein ganzes Auftreten aber, wie insbesondere durch den Eifer, womit er nach der h. Handlung die Schulen besuchte, durch die Freundlichkeit und väterliche Herablassung, womit er — prüfend und unterrichtend — in der Mitte der Kinder weilte, durch seine kernhaften Ansprachen an's Volk und namentlich durch seine überaus große Leutseligkeit und Herablassung gegen Alle, welche ihm nahe traten, gewann er in hohem Grade die Herzen der Diözesanen. Nur Schade, daß ein gewisses körperliches Uebelbefinden, welches durch die Anstrengungen der Firmungsreisen nicht selten auf's Höchste gesteigert wurde, mehrfach für den hochw. Herrn ein Hinderniß wurde, die oft so großartigen Kundgebungen der Ehrfurcht und Liebe von den treuen Diözesanen in erwünschter Weise entgegen zu nehmen. Für ihn selbst aber wurden durch dieses Uebel die Firmungsreisen in mancher Hinsicht so fast zu einem Martyrium. Dennoch gestattete sein Eifer für die Sache Gottes es ihm nicht, sie zu unterlassen.

Nicht lange sollte der neue Bischof seines hohen Amtes in Ruhe und Friede walten; der durch die Maigesetze erregte Sturm brach los. Auch er saß im Rathe der hochwürdigsten Bischöfe des preußischen Staates, als sie mehr als einmal am Grabe des h. Bonifazius versammelt waren, um über die großen, in so hohem Grade gefährdeten Interessen der h. Kirche zu berathen. Der nähere Einblick in den Verlauf dieser hochwichtigen Berathungen war den Nichtbetheiligten nicht vergönnt. Aber die Resultate dieser Versammlungen, jene mit apostolischem Freimuthe gesprochenen, so hohe Weisheit bekundenden, die rechten Gesichtspunkte und die richtigen Wege des Verhaltens so klar und deutlich zeichnenden, so mächtig an's Herz redenden Hirtenworte gaben Zeugniß von dem Geiste, der in jenen Versammlungen gewaltet hatte. Und wir möchten schwerlich irren, wenn wir gern des Dafürhaltens sind, daß jene mehrerwähnte Gabe, welche dem Bischof von Münster in so seltener Weise eigen ist, nämlich, stets die Dinge mit praktischem Blicke richtig zu würdigen, und in der Wahl der Mittel und Wege das Rechte und das den praktischen Verhältnissen am Meisten Entsprechende zu erkennen, bei jenen hochwichtigen Berathungen in der heilsamsten Weise zur Geltung gekommen und zur Erzielung solcher Resultate nicht wenig beigetragen hat. Und wenn sich das warme katholische Herz in den letzten Jahren zum innigsten Danke gegen Gott für seine gnädige Fügung, daß gerade in solchen Zeiten, wie die unsrigen, solche Bischöfe an der Spitze der Diözese stehen, immer von Neuem angeregt finden mußte, so hat die Diözese Münster nicht am wenigsten Grund, eine besonders gnädige Fügung der göttlichen Fürsehung darin zu finden, daß die letzte, von so vielem Gebet begleitete Bischofswahl ihr Johann Bernard zum Oberhirten gegeben hat.

Die Wallfahrt zur Sterbestätte des h. Ludgerius.

Es könnte für den ersten Augenblick fremd erscheinen, die Erzählung von dieser Wallfahrt und zwar in solchem Umfange in der Lebensskizze Johann Bernards zu finden; und dennoch gehört sie in dieselbe, denn sie zeigt uns — im schönsten Lichte — die Stellung, welche der Bischof von Münster in der durch die Maigesetze geschaffenen Lage einnimmt und behaupten will. Wenn wir der Mittheilung die schönen Worte, welche hochderselbe bei Gelegenheit dieser Wallfahrt sprach — wir dürften sie sein Programm nennen —, die Erzählung der Wallfahrt selbst vorausschicken, so erscheint diese recht eigentlich als der schöne Rahmen, worin das Bild (das Programm) gefaßt ist, oder sagen wir noch treffender, als der rechte Grund zum Bilde. Daher setzen wir den zur Zeit vom „Katholischen Missionsblatt" (Nr. 33, 1873) unter der Ueberschrift „Das war einer der schönsten Tage unseres Lebens"- von uns gebrachten Bericht darüber wörtlich hieher:

„Zum vollen Verständnisse dieses „schönsten Tages" haben wir nothwendig zuvor eines andern gleichfalls „schönen" Tages Erwähnung zu thun. Wer nämlich am 31. Juli um Mittag Münster durchwanderte, den ließ der reiche Flaggenschmuck, der rings in den Straßen nahezu von allen Häusern wehete, nicht einen Augenblick zweifelhaft, daß es sich daselbst um eine große Feier handelte. Es war die Katholikenversammlung die am Nachmittage auf dem großen Rathhaussaale stattfinden sollte, welche aus tausend Fenstern die Flaggen hervorgerufen hatte, auf daß auch dadurch ein lautes Zeugniß zu

Tage träte von der Entschiedenheit katholischer Gesinnung, womit Münsters Bürger in den Tagen der Anfechtung und Verfolgung zu ihrer h. Kirche stehen. Und als die Stunde nahete, da strömte es nach Hunderten und Tausenden zum Versammlungssaale. Das war eine herrliche Katholikenversammlung sowohl durch die große Zahl der Versammelten, als durch die Namhaftigkeit der Männer, welche aus allen Theilen des deutschen Reichs, vom Niederrhein, wie aus dem Münsterlande, aus Schlesien und Nassau, von Cöln und Mainz herbeigeeilt, in der Versammlung auftraten und aus ihren warmen Herzen für die bedrängte h. Kirche begeisterte, zündende Worte an die zahlreichen Zuhörer richteten, sie zu erwecken und zu ermuthigen, daß Alle treu zur h. Kirche hielten, und sich nicht irre machen ließen von den Bestrebungen ihrer Feinde; daß sie der hohen Verpflichtung, welche der Ernst der Zeitverhältnisse auflegt, eingedenk treu und unentwegig sie erfülleten — durch unerschütterliches Festhalten an der katholischen Wahrheit, an der h. Kirche und ihren Dienern, durch offenes, furchtloses, muthiges, katholisches Bekenntniß, durch entschiedenes, katholisches Leben, durch gewissenhafte Betheiligung an den Wahlen, durch Gebet. Und die treue Beharrlichkeit, womit die Tausende trotz der im Saale herrschenden fast unerträglichen Hitze drei Stunden lang den Rednern lauschten, die Aufmerksamkeit und der oft sich kundgebende, mitunter rauschende Beifall, womit die Reden verfolgt wurden, legte Zeugniß ab, wie sehr das zeitgemäße, katholische Wort in den Herzen Anklang fand. O, gewiß, das war keine flüchtig vorübereilende glänzende Erscheinung; sie hat bleibenden Eindruck zurückgelassen und wird, so Gott will, der heilsamsten Wirkungen nicht ermangeln.

Es waren die Einleitungen zu dieser großartigen Versammlung, welche zuerst den Gedanken wach gerufen hatten, an dieselbe einen großen Bittgang unmittelbar anzuschließen, um über das durch dieselbe Angeregte und über die bedrängte h. Kirche, der ja auch die Versammlung galt, die Segnungen des Himmels herabzuflehen. Der Gedanke fand den allseitigsten Beifall; nur mußte es zweckmäßiger erscheinen, nicht, wie es Anfangs sich bot, gleich am Tage nach der Versammlung, sondern am nächstfolgenden Sonntage, den 3. August, die Prozession zu veranstalten.

Eben die innige Verbindung, worin auf solche Art die Prozession mit der Katholikenversammlung stand, war auch zunächst der Anlaß, bloß die männliche Bevölkerung Münsters für die Betheiligung im Auge zu haben. Als Zielpunkt wurde Billerbeck gewählt, der Ort, welcher den Münsterländern ehrwürdig ist durch die Fußstapfen des hl. Ludgerus, ihres ersten Bischofes und durch den Umstand, daß daselbst die Stätte sich findet, an welcher der Heilige sein Gott und dem Heile Münsterlands geweihtes Leben beschlossen.¹) Was lag für die Bewohner der Hauptstadt des Münsterlandes näher, als in der Anfechtung und Gefährdung ihres h. Glaubens und ihrer h. Kirche zu dem ihre Zuflucht zu nehmen, durch welchen ihren Vorfahren die Wohlthat dieses h. Glaubens und die Aufnahme in die h. Kirche vermittelt worden war.

Man schritt rüstig an's Werk. Während in Münster am Sonntage vorher von allen Kanzeln die Abhaltung der Procession mit ihren nähern Bestimmungen bekannt gemacht und zur reichen Betheiligung ermuntert wurde, vermittelte man auch an den Ortschaften, welche Billerbeck umgeben, ähnliche Bekanntmachung und Aufmunterung.

So erschien denn der 3. August. Schon Abends vorher hatten sich in ungewöhnlicher Zahl die Männer der Stadt vor den Beichtstühlen der Pfarrkirchen eingefunden. Am folgenden Morgen aber waren, als kaum der Tag dämmerte, die Kirchen gefüllt; man hörte die h. Messe und empfing die h. Communion. Dann eilte es von allen Seiten zum Bahnhofe der Köln-Mindener Eisenbahn, um auf dem zu diesem Zwecke hergestellten Extrazuge die erste Wegesstrecke abzumachen. Um halb sechs Uhr setzte sich der Zug in Bewegung, eine fast unabsehbare Wagenreihe, mehr als zweitausend Männer in sich bergend.

In Appelhülsen wurde ausgestiegen und es regelte sich der Zug, nach der vorher festgesetzten Ordnung der verschiedenen Pfarren der Stadt. Welch' eine Reihe — nach dem schon hier stattgehabten Zuwachs nahezu dreitausend, lauter Männer, aus allen Klassen und Ständen, die höchsten — Adelige, Freiherrn und Grafen, wie die ersten Bürger der Stadt nicht ausgenommen, Jung und Alt; den Schluß machten die Studirenden der Akademie und die Zöglinge des Priesterseminars. Und in dem Zuge die wehenden Fahnen in reicher Zahl, so fast unzählbar. Dann entwickelten sich die Melodien der Wallfahrtslieder, in ergreifender Art zusammenklingend, und unterbrochen von den gemeinschaftlichen, meist von den Pfarrgeistlichen geleiteten Wechselgebeten.

Es war wie ein Triumphzug. Auf dem Wege, insbesondere von Appelhülsen nach Nottuln und in der Nähe von Billerbeck waren, namentlich in der Nähe der Wohnungen, vielfache Verzierungen angebracht; der Weg bestreut mit Blumen und duftigem Grün, vielfach zu sinnreichen Figuren zusammengefügt; an vielen Stellen Triumphbögen, Kränze und mancherlei Zierrath. Vor

---

¹) An der Stelle, wo zur Zeit das Sterbehaus des Heiligen stand, befindet sich nunmehr eine baldachinartige Kapelle (mit offenen Bögen), innerhalb welcher unter dem Decksteine eines altarmäßig hergestellten Sarkophags das steinerne Bild des h. Ludgerus auf dem Sterbebette sichtbar ist. Seitwärts zur Rechten ganz nahe bei der Kapelle steht die kleine Kirche des h. Ludgerus, wie die Kapelle, von einem ziemlich geräumigen freien Platze umgeben, von dem man mit etlichen Stufen zu den niedriger gelegenen, östlich, südlich und westlich laufenden Straßen herabsteigt.

den Häusern kleine Tische mit Statuen und Bildern ausgestattet. Und während in den Orten, durch welche die Pilger zogen, so fast von Haus zu Haus Flaggen freundlich entgegen weheten, und festliches Geläute die Kommenden empfing und die Scheidenden begleitete, fuhren da draußen die Knälle von Böllerschüssen von den Höhen und aus den Büschen durch die Reihen der Wallfahrer. So bewegte sich der langgedehnte Zug, und nachdem er auch in Nottuln durch den Anschluß der dortigen Männer namhaften Zuwachs gewonnen, hatte man in der höhenreichen Gegend zwischen Nottuln und Billerbeck, während hier der Weg sich senkte und dort wieder anstieg, mehr als einmal Gelegenheit, ihn in seiner ganzen erstaunlichen Länge zu überschauen; in der gehobensten Feststimmung näherte er sich seinem Ziele; es war nahezu 10 Uhr, als er in Billerbeck eintraf und durch die an beiden Seiten dicht besetzten Straßen[1]) zur Sterbestätte des h. Ludgerus sich bewegte. Daselbst war der Sarkophag zu einem Altare eingerichtet, an welchem dann der hochw. Bischof um 10 Uhr ein feierliches Pontifikalamt begann.

Unbeschreiblich ist der Eindruck, den diese erhabene Feier machte. An derselben Stelle, wo der erste Bischof von Münster sein kostbares, heiliges Leben vollendet hatte, stand nun hoch und Allen sichtbar sein Nachfolger, das hehre Geheimniß des h. Opfers zu feiern; und um ihn, rings um die Kapelle und auf dem Kirchhofe und auf den anstoßenden Straßen weithin die Tausende der Gläubigen, dicht geschaaret, zum allergrößten Theile, ja fast ausschließlich kräftige Männergestalten, sämmtlich in tiefe Andacht hingegeben. Galt es ja die heiligsten Angelegenheiten ihres Lebens, ihre h. Kirche und deren Oberhaupt und den bedrängten Episkopat Preußens und die ganze Diözese durch die Kraft des h. Opfers und durch die Fürbitte ihres ersten h. Bischofs dem Herrn zu empfehlen, auf daß Er in der Bedrängniß und Noth der Zeit Hülfe und Rettung bringe. Und als der h. Augenblick der Consekration nahete, und nun, während die Hand des hochw. Oberhirten den h. Leib und das Blut des Herrn emporhielt, die Tausende auf ihren Knieen in Anbetung hingesunken waren, da gab die lautlose Stille Zeugniß von der tiefen Ergriffenheit der Seelen und aus manchem Auge quoll eine Thräne h. Rührung. Uns war es in diesen h. Augenblicken, als ob der h. Bischof mit Vaterhuld auf seinen würdigen Nachfolger und auf all diese seine lieben Diözesanen herniederschaute und das Herz fühlte sich gehoben von der Zuversicht, daß er inniger sein Gebet für sie an Gott richtete, auf daß der Segen des h. Opfers sich reichlicher über Alle ergieße und ihre Gebete für die großen Anliegen, welche

---

[1]) Bereits waren die Prozessionen von Altenberge und Darfeld, nach mehreren Tausenden zählend, eingetroffen, zu denen sich andere Tausende aus der Billerbecker und den benachbarten Gemeinden gesellet hatten.

sie hieher gerufen hatten, volle Erhörung fänden. Unvergeßliche Augenblicke, welche diese h. Stunde uns bereitete!

Doch der Segen des Tages war noch nicht voll. Es war Nachmittags kurz vor drei Uhr, als sich sämmtliche Wallfahrer wieder zu einem Festzuge ordneten und sich, der hochw. Bischof in ihrer Mitte, zu einer andern h. Stätte in der Nähe von Billerbeck, zum Brunnen des h. Ludgerus hinbewegten. Ein ziemlich geräumiger, umhägter Platz, mit seinem frischen Rasengrün und mit seinen schattigen Bäumen anmuthig und einladend; an seiner westlichen Seite steht eine kleine Kapelle, mehr nach Osten, nicht ganz in der Mitte, sieht man ein über einem Brunnen in gothischem Style aufgeführtes, hochragendes Postament und auf demselben eine stattliche Bildsäule des h. Ludgerus. Der Brunnquell, der da unten entspringt und sein helles Wasser in einen zu Füßen des Postaments ausgemauerten Behälter ergießt, verdankt nach der Legende seinen Ursprung dem h. Ludgerus und heißt der Brunnen oder der Taufbrunnen des h. Ludgerus.

Welch' h. Stätte, geweihet durch die Fußstapfen des Heiligen und durch die heilbringende Thätigkeit des Apostels des Münsterlandes. Nun war sie dicht besetzt von den Tausenden der Nachkommen seiner ersten Diözesanen. Und sein Nachfolger auf dem bischöflichen Stuhle, der hochw. Bischof Johann Bernard, bestieg nun — umkleidet mit der ehrwürdigen Gewandung des Chormantels, die Mitra auf dem Haupte, den Bischofsstab in der Hand (in ganz ähnlichem Ornate sieht man den h. Ludgerus über dem Brunnen) — die vor der Kapelle befindliche Kanzel und richtete an die in weiten Kreisen zu vielen Tausenden um ihn versammelten Diöcesanen das Wort — ein wahrhaft bischöfliches Wort. „Wir haben", so ungefähr leitete er seine Rede ein, „wir haben, wertheste Diöcesanen, in reicher Zahl uns heut zusammengefunden an der Sterbestätte des h. Ludgerus und hier am h. Orte, an seinem Taufbrunnen, um durch seine Vermittlung unsere Gebete vor den Thron des Allerhöchsten zu bringen für unsern so arg bedrängten h. Vater, für die Bischöfe, besonders im deutschen Reiche und in der Schweiz, für die Geistlichen, für das gesammte katholische Volk, auf daß der Herr mit uns sei in dem heißen Kampfe, welcher wider unsere h. Kirche, wider unsern h. Glauben, wider unsere theuersten Güter entbrannt ist und mehr und mehr entbrennt, daß Er in diesem Kampfe stärke, damit Alle fest bestehen, daß Er der h. Kirche und ihrem Haupte und ihren Hirten und Kindern zu Hülfe komme und Seine h. Kirche zu glorreichem Siege führe." Dann sprach er von dem h. Glauben, den der h. Ludgerus uns gebracht im Auftrage und als Bote der römischen Kirche, in welcher er unverlierbar hinterlegt sei; von der Gnade des Glaubens, deren es bedürfe, wie zum Beginne des h. Glaubens, so auch zu seiner Bewahrung, und wie diese Gnade nur denen gesichert sei, welche inständig und beharrlich darum flehen und welche ernst sich bestreben, nach seinen h. Lehren ihr Leben einzurichten. Und indem er mit dem ergreifendsten Nachdrucke ermahnte, in einer Zeit, wo Alles darauf ausgehe, den h. Glauben zu rauben, denselben treu zu bewahren und Gut und Blut dafür einzusetzen, sprach er das recht eigentlich apostolische Wort: „Ich bin es nicht würdig, auf dem Stuhle des h. Ludgerus zu sitzen; aber nachdem mich der Herr auf denselben berufen hat, da danke ich Ihm, daß Er mir den festen Willen gegeben hat für Bewahrung des von Ludgerus überkommenen Glaubens Alles zu geben und Alles zu tragen. Sie mögen mein Hab und Gut nehmen, ich gebe es gern, ich achte es wie Koth; sie mögen mir das Haupt abschlagen; dahin werden sie es nicht bringen, daß ich ein Pünktlein oder ein Strichlein preisgebe von der von mir übernommenen Pflicht."

Diese Worte mit dem Ausdrucke der äußersten Entschiedenheit gesprochen machten auf die Versammelten einen Eindruck, welcher sich gar nicht beschreiben läßt. Wir vernahmen in unserer Nähe lautes Schluchzen; eine kernhafte Mannesgestalt sahen wir, mit den Händen die Thränen verbergend, auf die Kniee niedersinken. Und wohin man seinen Blick wendete, da begegnete ihm der Ausdruck der tiefsten Ergriffenheit und in vielen Augen perleten Thränen. Vergesse man nicht, es waren zumeist kräftige, bärtige Männer, welche die Kanzel umstanden. Nie in unserm Leben haben wir uns also bis in das Innerste unseres ganzen Wesens ergriffen gefunden, als in diesen Augenblicken. O, in der That, es waren himmlische Augenblicke.

Daher denn auch dieses kräftige, ergreifende „Wir widersagen", „Wir glauben", aus tausendfachem Munde weithin ertönend, als der hochw. Bischof von der Kanzel herab zur feierlichen Erneuerung des Taufgelöbnisses die betreffenden Fragen stellte; und nach diesen Worten die feierliche Betheuerung, daß sie allesammt mit ihrem von Gott ihnen gegebenen Bischofe und mit ihren Priestern der h. katholischen Kirche treu verbleiben wollten im Leben und im Tode.

So traten denn die verschiedenen Pilgerzüge in der gehobensten, in begeisterter Stimmung und voll h. Weihe ihren Rückzug an, die münster'schen Wallfahrer den Bischof in ihrer Mitte; und inniger noch und wärmer wie am Morgen quollen aus der an den h. Stätten empfangenen Weihe die Gebete und Gesänge, bis nach acht Uhr der Extrazug, seine Lokomotive bekränzt und vor ihrem Rauchfange geschmückt mit einem großen von grünen Zweigen gewundenen Kreuze, die Pilger aufnahm und gen Münster führte.

Nur mit Mühe konnte — ob der großen Zahl der zum Empfange Herbeigeeilten — die Prozession sich auf dem Bahnhofe wieder ordnen, um dann durch die Schaaren der bis zum Dome hin an beiden Seiten stehenden Mitbürger über die mit bengalischem Feuer verschiedenfarbig erleuchteten, im reichsten Flaggenschmucke prangenden Straßen zur Domkirche sich zu bewegen. Noch einmal gab hier an h. Stätte die Art, wie im Geleite der mächtigen Domorgel das „Großer Gott, wir loben Dich" gesungen wurde, Zeugniß von der gehobenen, ja begeisterten Stimmung der Herzen; um so ergreifender war's, als schließlich der hochw. Bischof einer also hingekknieten Schaar mit dem hochwürdigsten Gute den Segen spendete.

Gewiß, wir übertreiben nicht, wir sprechen den Tausenden, welche das Glück hatten, an dieser Feier sich zu betheiligen, aus dem Herzen, wenn wir sagen: Das war einer der schönsten Tage unsers Lebens. Und gern sprechen wir's dem Berichterstatter des „Westf. M." [1]) nach: „Diese Wallfahrtsprozession der münster'schen Männer nach Billerbeck, ihrer Intention (Meinung) nach ein Bittgang für die bedrohte h. katholische Kirche, für den bedrängten Episkopat Preußens und für den im Vatikan gefangenen heiligen Vater gestaltete sich ihrer äußern Erscheinung nach zu einem wahren Triumphzuge; wer sie sah, glaubte ein Siegesfest der katholischen Kirche gefeiert zu sehen; sie war eine Anticipation der Erfüllung all' unserer Hoffnungen."

Das Fasten-Hirtenschreiben von 1874.

Auch dieses Hirtenschreiben muß, obwohl mit etlichen Auslassungen, hier Platz finden. Es ist ein herrliches Dokument für den wahrhaft apostolischen Geist seines hohen Verfassers, zudem so recht ein Wort für unsere Zeit, welches noch immer ein allgemeines Interesse bietet. Die Herzen der vieltausend Diözesanen hat es zur Zeit mächtig selbst bis zu Thränen ergriffen und über die Grenzen der Diözese weit hinaus den lebhaftesten Anklang gefunden.

„Vielgeliebte Diözesanen! Als vor zwei Jahren die Feindseligkeiten gegen unsere h. Kirche ihren Anfang nahmen, da konnten Viele an eine ernstliche Verfolgung derselben noch nicht glauben. Sie meinten, eine Verfolgung der Kirche sei im 19. Jahrhunderte nicht möglich, und hielten deshalb die feindlichen Angriffe gegen dieselbe, welche schon damals zu Tage traten, für bloße Nergeleien, die in der augenblicklichen Stimmung einzelner Personen ihren Grund hätten und darum bald ein Ende nehmen würden. Es ist das begreiflich. Denn wer die Sache bloß nach ihrer Oberfläche beurtheilte, wie hätte der denken sollen, daß in unserem Jahrhunderte der Aufklärung, wo alles nach Freiheit ruft, wo Humanität als das höchste Sittengesetz gepredigt wird, wo Gleichheit, Freiheit, Brüderlichkeit die Devise ist, welche diejenige Partei, von der die Feindseligkeit ursprünglich ausgeht, auf ihre Fahne geschrieben hat, eine Verfolgung und gewaltsame

---
[1]) Wir bringen dieses zu Dülmen im 23. Jahrgange erscheinende, über 10,000 Abonnenten zählende Sonntagsblatt in Erinnerung. Erscheint wöchentlich in einem halben Bogen, sehr oft mit Beilagen von ¼ Bogen und kostet jährlich 24 Sgr.; durch jede Post zu beziehen.

Unterdrückung der Kirche ernstlich beabsichtigt werde? Diejenigen aber, welche tiefer blickten und der Sache auf den Grund sahen, begriffen von Anfang an den ganzen Ernst der Lage und sprachen die Befürchtung aus, daß der Kirche ein harter und schwerer Kampf bereitet werde. Wie gegründet ihre Furcht gewesen, das hat die Folge bewiesen. Niemand kann jetzt mehr darüber im Zweifel sein, welche die Ziele sind, die man verfolgt. Unsere Gegner selbst sprechen es offen aus, und zu ihren Worten stimmen die Thaten. Sie sagen: Das Christenthum in seiner jetzigen Form hat sich überlebt und paßt nicht zu dem gegenwärtigen Cultur= stande der Völker. Besonders die katholische Kirche tritt der wahren Bildung, dem nothwendigen Fortschritte der Nationen und dem modernen Staatswesen hindernd entgegen. Sie ist eine Feindin der Wissenschaft und der Freiheit, sie hält die Völker fest in der Finsterniß des Aberglaubens und der Sklaverei der Priesterherrschaft. So lange daher die katholische Kirche besteht, kann wahres Volksglück, insbesondere der Ausbau und die innere Entwickelung des neuen deutschen Reiches nicht gedeihen. Darum muß dieselbe mit allen zu Gebote stehenden Mitteln bekämpft werden, und nicht eher dürfen wir ruhen, als bis sie mitsammt dem Papstthum vom Erdboden gänzlich vertilgt ist. An Stelle der katholischen Kirche, überhaupt des positiven Christenthums, soll eine neue selbsterfundene Religion treten, die, wie sie sagen, der fortgeschrittenen Volksbildung Rechnung trägt und den Zeit= verhältnissen anpassend ist; eine Religion, die von einem außer= weltlichen, persönlichen Gott und von einer Erlösung durch den Gottmenschen Christus nichts weiß, und die eben darum keine Religion ist; eine Religion, die jeden Glauben an eine über= natürliche, göttliche Offenbarung ausschließt und keine andere Grundlage hat, als einige wenige, dem Christenthum entlehnte aber entstellte Sittenregeln, die den falschen modernen Huma= nitätsbegriffen angepaßt sind. Mit andern Worten: an Stelle des Christenthums soll ein neues Heidenthum eingeführt werden, das schlechter ist, als das alte Heidenthum war.

Die Anhänger dieser Partei sind von einem wüthenden Hasse gegen die katholische Kirche erfüllt. Ihr Ingrimm treibt sie, die= selbe mit allen möglichen, selbst den verabscheuungswürdigsten Mitteln zu verfolgen. Kein Mittel ist ihnen zu schlecht, wenn es nur zum Ziele führt. Denn da sie Gott nicht fürchten, so kennen sie keine andere Rücksicht, als welche die Klugheit des Fleisches, der eigene Vortheil, das Interesse des vergötterten Ich ihnen ge= bietet. Lüge, Enstellung, Heuchelei, Verleumdung, Ungerechtig= keit, Gewalt sind die Waffen, womit sie die Kirche bekämpfen.

Die Zahl dieser Parteigenossen ist groß. Ueber alle Länder Europa's, ja über dessen Grenzen hinaus sind sie verbreitet. Nicht weniger groß ist ihre Macht und ihr Einfluß. Und mit ihnen im Bunde arbeiten Viele, welche sich noch Katholiken nennen. Diese Namenkatholiken theilen zwar nicht die antichristlichen Grundsätze und Absichten jener Partei ihrem ganzen Umfange nach: aber weil sie das Christenthum in ihrem Leben verleugnen, so haben sie, von der Gnade verlassen, den Geist des Christenthums verloren und machen in ihrer Verblendung, getrieben von einem antikirchlichen Geiste, mehr oder weniger unbewußt, aber nicht ohne Schuld, gemeinsame Sache mit den Feinden unserer h. Kirche und verrathen ihre Mutter, die sie als Kinder Gottes geboren und groß gezogen hat.

Unter solchen Umständen, Geliebte, öffnet sich unserem Blicke eine düstere Zukunft. Voraussichtlich stehen harte Kämpfe uns bevor, und schwere Opfer werden von uns gefordert werden. Ja, wenn Gott nach seinem unerforschlichen Rathschlusse es zulassen sollte, daß jene kirchenfeindliche Partei zur vollen Herrschaft gelangte, so wäre es nicht unmöglich, daß im 19. Jahrhunderte in Deutschland noch Martyrerblut flösse. Das alles aber darf uns nicht entmuthigen, noch unser Vertrauen wankend machen. Unsere Hoffnung ruht nicht auf Menschen und Menschenhülfe, sondern auf dem Herrn und auf seinem untrüglichen Worte. Er der Allmächtige, dessen Treue ewig währet, hat das Wort gesprochen: „Sieh! ich bin bei euch alle Tage bis an's Ende der Welt." Dieses Wort kann und wird er nicht brechen. Er wird die Kirche, seine Braut, die er mit seinem kostbaren Blute erkauft hat, nicht verlassen; er wird sie beschützen, so daß selbst die Pforten der Hölle nichts wider sie vermögen. Dem Meere hat er seine Grenzen gesetzt und den Fluthen geboten: Bis hierher und nicht weiter. So wird er auch unsern Feinden zur rechten Zeit, wenn das Maaß der Bosheit und Ungerechtigkeit voll geworden ist, Halt gebieten. Und dann wird der Sieg der Kirche um so glorreicher sein, je schwerer der Kampf und je größer die Drangsal gewesen. Im Kreuz ist Heil, das ist ein Grundsatz unseres Glaubens. Kämpfe, Leiden, Trübsal haben der Kirche noch nie geschadet. Im Gegentheil, sie waren für dieselbe stets, und werden es auch jetzt sein, eine Quelle und ein Vorbote reichen Segens. Darum, Geliebte, wenn wir die gegenwärtige, dem äußern Scheine nach allerdings höchst traurige Lage unserer h. Kirche mit dem Auge des Glaubens betrachten, so haben wir wohl Ursache, uns zu freuen, aber keinen Grund, uns zu sehr zu betrüben. Was hauptsächlich unser Herz mit Trauer und Wehmuth erfüllen muß, das ist die Verblendung und das schreckliche Loos der Feinde unserer Kirche, die, wenn sie auch jetzt unsere Widersacher sind, doch unsere Brüder bleiben. Dieselben laden durch ihren Frevelmuth die Fülle des göttlichen Zornes auf ihr Haupt für den Tag der Rache, wo die gerechten Gerichte Gottes offenbar werden. Denn Niemand hat je ungestraft die Kirche Gottes verfolgt. Das lehrt die Geschichte durch alle Jahrhunderte bis auf den heutigen Tag.

Indeß, wenn wir auch wegen der Kirche ohne Furcht sein können, so dürfen wir doch nicht ohne Sorge sein wegen unser selbst. Das Schifflein Petri kann und wird nicht zu Grunde gehen, so gewaltig auch der Sturm brauset und tobet, und so hoch auch die Wellen gehen. Denn Jesus ist in diesem Schiffe und scheint er auch jetzt zu schlafen, so wird er doch zur rechten Zeit erwachen und aufstehen und dem Sturme Ruhe gebieten. Allein darum sind die Einzelnen, welche sich im Schiffe befinden, nicht ohne Gefahr. Wer nicht vorsichtig ist, der könnte leicht von einem Windstoße oder von einer Welle erfaßt und über Bord geworfen werden und so in den Fluthen umkommen.

Ja, die Kirche als solche wird unfehlbar gewiß unversehrt und neu verjüngt aus dem Kampfe hervorgehen. Das verbürgt uns der Glaube und die Geschichte. Dadurch ist aber nicht ausgeschlossen, daß einzelne Glieder der Kirche Schaden leiden und zu Grunde gehen. Darum muß ein Jeder auf seiner Hut sein. Welche gerettet werden wollen, müssen sich fest an den Felsen Petri anklammern. Wer diesen verläßt, der kehrt der Kirche den Rücken und ist verloren.

Geliebte, wenn ihr dem h. apostolischen Stuhle und der Kirche die Treue bewahrt, dann habt ihr in den gegenwärtigen Kämpfen und Wirren nichts zu fürchten. Im Gegentheil, die Leiden und Trübsale, welche aus denselben für euch erwachsen, werden, wie für die Kirche, so auch für eure Seele eine Quelle reichen Segens werden.

Geliebte im Herrn! Von der Treue gegen die Kirche hängt unser Heil und unsere ewige Seligkeit ab. Denn es ist ein bekannter Glaubenssatz: „Außer der Kirche kein Heil." Was ehemals der h. Petrus von Jesus von Nazareth vor dem hohen Rathe zu Jerusalem feierlich bekannte: „Es ist in keinem Andern Heil, denn es ist kein anderer Name den Menschen unter dem Himmel gegeben, wodurch wir selig werden sollen"; eben dasselbe müssen wir von der Braut Jesu Christi, der Kirche, bekennen. Außer ihr ist kein Heil; denn es ist kein anderer Weg den Menschen gegeben, wodurch sie in den Besitz der durch Christus uns wieder erworbenen Seligkeit gelangen können, als allein die Kirche.

(Darauf weiset der hochw. Herr nach, daß Christus Seiner h. Kirche das ganze von Ihm bereitete Heil, wodurch allein die Seligkeit erlangt werden mag, übergeben habe; daß nur Eine die Kirche Jesu, und daß diese die römisch-katholische, also nur in ihr Heil sei.) Er führt dann die schönen Worte des h. Augustinus an: „Alles kannst du außer der katholischen Kirche haben, nur nicht das Heil. Du kannst Ehre haben, du kannst Sakramente haben, du kannst das Alleluja singen, du kannst an den Vater, den Sohn und den h. Geist glauben, aber das Heil kannst du nirgends haben, als allein in der katholischen Kirche."

Hieraus folgt: Wer das ewige Heil erlangen will, muß sich der römisch-katholischen Kirche anschließen, ihr sich unterwerfen und in ihrer Gemeinschaft leben und sterben. Von der römisch-katholischen Kirche sich trennen, ist eben so viel, als von der Kirche Christi und von Christus selbst sich trennen. Wer sich von der römisch-katholischen Kirche trennt, wird abgeschnitten von dem geheimnißvollen Leibe Christi, gehört Christo nicht mehr an und kann deshalb nicht selig werden. „Zum Heile und zum ewigen Leben", schreibt der h. Augustin, „kann Niemand gelangen, der Christus nicht zum Haupte hat. Niemand aber kann Christus zum Haupte haben, der sich nicht als Glied am Leibe Christi befindet, welcher die Kirche ist." Wer sich daher von der katholischen Kirche trennt, spricht sich selbst das Verdammungsurtheil.

Da ich zu Gläubigen rede, so brauche ich nicht daran zu erinnern, daß durch das Gesagte keineswegs das Verdammungsurtheil über diejenigen ausgesprochen werden soll, welche von der römisch-katholischen Kirche äußerlich getrennt leben. Ihr wisset, Geliebte, aus dem christlichen Unterrichte, daß, wer gültig das h. Sakrament der Taufe empfängt, in die Gemeinschaft der römisch-katholischen Kirche aufgenommen wird. Denn da die Taufe die Thüre zu der einen wahren Kirche Christi ist, die Kirche Christi aber keine andere ist, als die römisch-katholische, so wird Jeder, der gültig getauft wird, Mitglied der römisch-katholischen Kirche und bleibt, wenigstens dem Geiste nach, so lange dieser Kirche angehörig und nimmt mehr oder weniger an ihren Gnadenschätzen Theil, als er nicht wegen verschuldeten Irrglaubens oder hartnäckigen Ungehorsams von derselben ausgeschlossen wird. Ob nun aber der Irrthum und der Ungehorsam derjenigen, welche die römisch-katholische Kirche als die wahre Kirche Christi nicht anerkennen und darum dem Leibe nach von ihr getrennt sind, ein verschuldeter sei, darüber urtheilt die Kirche nicht, und wir um so weniger dürfen uns ein solches Urtheil anmaßen. Dieses Urtheil steht allein Gott, dem Allwissenden, zu, der in die verborgenen Geheimnisse des Herzens schauet. Die Liebe aber gebietet uns, soweit möglich, zu deren Gunsten zu urtheilen und sie als dem Geiste nach zu uns gehörend zu betrachten mit der Hoffnung, daß sie selig werden. Indeß wer selig wird, der wird es nur durch die römisch-katholische Kirche, wie derjenige sicher verdammt wird, der mit seiner Schuld außer der römisch-katholischen Kirche lebt und stirbt. Einen Solchen aber verdammen nicht wir, sondern Christus, der gesagt hat: „Wer die Kirche nicht hört, den haltet wie einen Heiden und Zöllner," die keinen Theil an Christus haben und verloren gehen.

Uns, Geliebte, hat Gott in seiner Barmherzigkeit ohne unser Verdienst vor Millionen unserer Mitmenschen zu der einen wahren römisch-katholischen Kirche berufen. Denn der h. Ludgerus, der Apostel unseres lieben Münsterlandes, war römisch-katholischer

Bischof und ein Abgesandter des römischen Papstes und hat unseren Vorfahren den römisch-katholischen Glauben gepredigt. Unsere Väter haben uns, zu Zeiten unter schweren Opfern, den römisch-katholischen Glauben treu bewahrt, und so sind wir, ihre Kinder, des unaussprechlich großen Glückes theilhaftig geworden, römisch-katholische Christen zu sein. O! so lobet und preiset denn den Herrn für diese unverdiente Gnade, und erweiset euch ihm besonders dadurch dankbar, daß ihr nach den Lehren und Vorschriften unserer h. Kirche gewissenhaft lebet und unerschütterlich feststehet in der Liebe und Treue gegen dieselbe bis zum Ende eures Lebens. — Der Teufel aber, der Feind des Menschengeschlechts, der umhergeht, wie ein brüllender Löwe suchend, wen er verschlinge, beneidet uns wegen des Glückes, daß wir römisch-katholische Christen sind, und sucht durch alle möglichen Kunstgriffe der Verführung uns die Achtung und Liebe zu rauben, welche wir der Kirche schuldig sind. Dadurch trachtet er unsere Treue gegen dieselbe wankend und uns selbst von ihr abwendig zu machen. Daher die boshaften und schamlosen Verdächtigungen, Schmähungen, Verlästerungen, Lügen und Verleumdungen, welche von den Helfershelfern Satans gegen die katholische Kirche, gegen den Papst und die Bischöfe, tagtäglich durch die schlechte Presse in alle Welt ausgestreuet werden, daher die wahrhaft teuflischen Machinationen, wodurch man die Gläubigen von ihren Bischöfen und von dem Papste und dadurch von der Kirche zu trennen sich bemüht. — Geliebte, lasset euch nicht verführen! Weiset mit Abscheu die Lästerungen und Verleumdungen zurück, womit jene Nichtswürdigen die makellose Braut Christi und unsere Mutter besudeln. Stehet treu zu eurem Bischofe und zum hl. Stuhle, damit ihr eure Seele bewahret. Denn wer sich von seinem Bischofe trennt, trennt sich vom apostolischen Stuhle, mit dem er durch den Bischof verbunden ist, und wer sich vom apostolischen Stuhle trennt, sagt sich von der Kirche und von Christus los, und verdammet seine unsterbliche Seele.

Geliebte, bei der h. Taufe habt ihr durch eure Pathen der römisch-katholischen Kirche ewige Treue und Liebe geschworen. Bei eurer ersten h. Communion habt ihr in eigener Person vor dem Angesichte Christi, der in unsern Tabernakeln thront, und in Gegenwart der h. Engel und vor der ganzen Gemeinde jenen Schwur feierlich erneuert. Diesen Schwur haltet, es koste was es wolle. Einst rief, von Liebe zu unserer h. Kirche entflammt, der fromme Bischof Bossuet in heiliger Begeisterung aus: „O heilige, römische Kirche, Mutter der Kirchen und Mutter aller Gläubigen, Kirche von Gott erwählt, um seine Kinder in demselben Glauben und in derselben Liebe zu vereinigen! Immerdar werden wir vom tiefsten Herzensgrunde an deiner Einheit halten! Daß ich eher meiner selbst, als Deiner vergesse, o heilige römische Kirche!" — Eine gleiche Gesinnung, gleiche Liebe und gleiche

Begeisterung für unsere h. Kirche bewahret stets in euerem Herzen und seid bereit, eher Gut und Blut hinzugeben, als der Kirche die Treue zu brechen.

Geliebte im Herrn! Als der Kampf und die Angriffe gegen unsere Kirche ihren Anfang nahmen, da habt ihr, Priester und Laien, ohne Zögern laut Zeugniß abgelegt für euren römisch=katholischen Glauben, und durch zahlreiche Deputationen[1]) und Adressen feierlich gelobt, daß ihr unter allen Umständen mit unerschütterlicher Treue zu unserer h. Kirche und zu eurem Bischofe stehen würdet. Empfanget nochmals den Ausdruck meines innigsten und wärmsten Dankes für den Trost, den ihr mir dadurch bereitet habt. Ihr habt bisheran euer Gelöbniß treu gehalten und seid, namentlich bei den letzten Wahlen für das Abgeordnetenhaus und für den Reichstag, entschieden eingetreten für die Sache der h. Kirche. Ich darf daher zuversichtlich vertrauen, daß ihr dasselbe fernerhin treu halten werdet, auch dann, wenn Umstände eintreten sollten, wo ihr eure Treue durch persönliche Leiden und Opfer bethätigen müsset. Diese Zeit scheint nicht mehr fern zu sein. —

Geliebte, seit der große Bekenner Clemens August durch seine Freimüthigkeit und unerschütterliche Festigkeit in Vertheidigung der Rechte unserer h. Kirche in unserm Münsterlande und weit über dessen Grenzen hinaus dem katholisch=kirchlichen Leben neuen Aufschwung gegeben, ist der Segen des Himmels in reicher Fülle auf unsere Diözese herabgeflossen. Ich will nur erinnern an die großen Segnungen, welche uns durch die zahlreichen von frommen Ordenspriestern gehaltnen Volksmissionen und Exerzitien zu Theil geworden sind. Jetzt scheint die Zeit gekommen zu sein, wo der Herr die Früchte prüfen will, welche wir in jener Zeit gesammelt haben. Ob Alles reines Gold ist, was eingesammelt worden? Nicht immer ist wirklich Gold, was glänzet, wie Gold. In Zeiten des Friedens und des Wohlergehens mischt sich unsern Tugendwerken gar leicht Menschliches und Irdisches bei, das vor Gott keinen Werth hat. Während wir glauben, „Gold aufzubauen, bauen wir nicht selten Holz, Stroh und Stoppelwerk auf, was im Feuer verbrennt." Darum spricht der Herr: „Ich will sie schmelzen und prüfen, wie Gold im Feuerofen will ich sie prüfen".

Schon jetzt — mit tiefstem Schmerze spreche ich es aus — sind Manche in der Prüfung nicht bestanden. Sie haben Schiffbruch gelitten an ihrem Glauben und an der Treue gegen die Kirche. Ihr Glaube war nicht auf Gold gebaut, sondern auf Holz, Stroh und Stoppelwerk, er hatte keine übernatürliche, göttliche Grundlage, sondern basirte auf bloß menschlicher Einsicht und menschlichem Wissen, und darum bestand er nicht in der Prüfung.

---

[1]) Siehe S. 41.

Geliebte! Es ist jetzt die Zeit, wo die Geister geschieden werden sollen. Der Herr hat die Wurfschaufel in der Hand und steht im Begriffe, seine Tenne zu reinigen. Sorget, daß ihr als Weizen befunden werdet, nicht als Spreu, die er verbrennen wird. Fort mit aller Halbheit und Unentschiedenheit. Gegenwärtig muß ein Jeder Farbe bekennen. Ein Hinken nach Rechts und Links ist niemals, am allerwenigsten aber in jetziger Zeit am Platze. Heut zu Tage gilt ganz besonders der Satz: „Wer nicht für mich ist, der ist wider mich." Darum, was immer kommen mag, die Leiden und Trübsale mögen noch so groß sein, die Opfer, welche gefordert werden, mögen noch so schwer sein, unter allen Umständen tretet mit Entschiedenheit ein für die Sache unserer h. Kirche, stehet fest im römisch=katholischen Glauben, unerschütterlich fest in der Treue gegen die römisch=katholische Kirche.

Wir als eurem Bischofe liegt die Pflicht ob, euch in allem mit gutem Beispiele voranzugehen. So soll ich auch gegenwärtig im Leiden, Dulden und Opfern für die Kirche unter euch der Erste sein. Ich will es, so sehr ich auch meine Schwäche und Armseligkeit fühle. — Wenn ich im hohen Dome auf dem bischöflichen Stuhle sitze, auf den mich Gott nach seinem unerforschlichen Rathschlusse ohne mein Verdienst erhoben hat, so sehe ich vor mir die Grabstätten meiner hochseligen Vorgänger, des frommen Bischofes Caspar Max und des unvergeßlichen Bischofes Johann Georg, sowie die Ruhestätte des hochverdienten Erzbischofes Clemens August von Cöln. Da ist es mir manchmal, als hörte ich aus dunkler Gruft deren Stimme, die mir zuruft: Gedenke deiner bischöflichen Pflicht, gedenke der schweren Verantwortung, die auf deine Schultern gelegt ist. Furchtbar streng ist das Gericht eines Bischofes, wir haben es erfahren. Darum verachte die Eitelkeiten der Welt, sei ein treuer Hirt deiner Heerde. Und dann ertönet die Mahnung des großen Bekenners Clemens August: Trete ein in meine Fußstapfen. — Ich will es, Geliebte! —

Als mir vor drei Jahren das bischöfliche Amt übertragen wurde, da habe ich dem Herrn feierlich geschworen und euch das Gelöbniß gemacht, daß ich ein Hirt und kein Miethling euch sein wolle, ein guter Hirt, der sein Leben giebt für seine Schafe. Diesen Schwur, dieses Gelöbniß hoffe ich mit Gottes Gnade treu zu halten. Ich trage keinen anderen Wunsch in meiner Brust, als daß ich meine Laufbahn glücklich vollende, und daß eure und meine Seele für die Ewigkeit gerettet werde. Von der Welt verlange ich nichts und fürchte ich nichts. Ich fürchte nicht den Verlust von Geld und Gut. Ich habe keins und achte es wie Koth. Ich fürchte auch nicht den Verlust der Freiheit, nicht Kerker, nicht Verbannung, selbst den Tod fürchte ich nicht. Denn nachdem der Sohn Gottes für uns am Kreuze gestorben ist, nachdem die hh. Apostel und zahllose heilige Bischöfe für den Glauben ihr Blut vergossen, nachdem schwache Jungfrauen, ja Kinder ihr Leben in qualvollem Martyrtod geopfert haben; wie dürfte ich noch den Namen eines katholischen Bischofes tragen, wenn ich nicht gern bereit wäre, für den katholischen Glauben und für unsere h. Kirche den letzten Blutstropfen hinzugeben? Ich weiß freilich, daß das Fleisch schwach ist. Aber ich vertraue auf den, der das Schwache erwählet, um Starkes zu vollbringen.

Geliebte! Dieses ist das vierte Fastenhirtenschreiben, welches ich an euch erlasse. Ob es mir vergönnt sein wird, noch ein fünftes an euch zu richten, das liegt in Gottes Hand. Vielleicht ist das gegenwärtige das letzte. Darum fühle ich mich in tiefster Seele gedrungen, euch zu bitten und zu beschwören bei dem Heile eurer unsterblichen Seele: was immer kommen mag, stehet fest im römisch-katholischen Glauben, fest in der Treue gegen unsere h Kirche. Bleibet mit unverbrüchlicher Liebe ergeben dem Stuhle Petri, denn wo Petrus ist, da ist die Kirche. Haltet treu zu eurem Bischofe, der euch vom apostolischen Stuhle gesandt ist, treu zu den Priestern, die von eurem Bischofe entsendet wurden. Jeden anderen betrachtet als einen Miethling und Eindringling, der nicht durch die rechte Thüre in den Schafstall getreten ist. Fliehet einen solchen, denn er ist gekommen, die Seelen zu rauben und zu morden.

Haltet vor Augen das Beispiel der hh. Märtyrer und der hh. Bekenner. Sie fürchteten nicht den Verlust ihres Vermögens, nicht Kerker, nicht Bande, nicht Folter, nicht Feuer, nicht Schwert, nicht die Wuth wilder Thiere, die grausamsten Martern fürchteten sie nicht, wo es galt, den Glauben zu bekennen. Wer mit den hh. Märtyrern und Bekennern kämpfet, leidet und duldet, wird mit ihnen gekrönt werden. „Die Leiden dieser Zeit sind nicht werth der Herrlichkeit, die an uns soll offenbar werden."

Geliebte, betet ohne Unterlaß für mich, ich bete für euch, damit wir zusammen standhaft ausharren bis an's Ende.

Der Segen Gottes, des Allmächtigen, des Vaters und des Sohnes und des h. Geistes komme über euch und bleibe allzeit bei euch. Amen.

Die Deputationen.

Es war im Beginne der Ausführung der Maigesetze, wo die Gefahr, die ganze Habe gepfändet und zum Verkaufe ausgesetzt zu sehen, auch für Johann Bernard erwuchs. Von mehr als einer Seite wurde ihm zugesetzt, durch das mehrfach in Anwendung gebrachte und ja auch nicht ungesetzliche Mittel des Verkaufs seiner Habe dieselbe vor den gedachten Unbilden sicher stellen zu wollen. Aber er verstand sich nicht dazu. Ein gewisses Gefühl, welches es ihm als eines Bischofes würdiger erscheinen ließ, seine Habe vielmehr um der guten Sache willen daran zu setzen, ließ ihn dieses Mittel verschmähen, wie es ihm denn — kraft der wahrhaft apostolischen Geringschätzung, welche er, wie gegen allen äußeren Glanz und Pomp, so insbesondere gegen Geld und Gut trägt — kaum schwer war, diesem Gefühle zu folgen.

Und welche herrliche Früchte hat das getragen! Eben dieses wurde ja der Anlaß zunächst zu jener fast weltkundig gewordenen Pfändung und Feilbietung der Möbeln des hochw. Bischofs, bei welcher die durch und durch katholische Gesinnung der ganzen großen Bischofsstadt so herrliche Triumphe gefeiert hat, und woran sich dann jene lange Reihe der schönsten Kundgebungen echt katholischen Geistes und der treuesten Anhänglichkeit des Klerus und Volkes an ihren Bischof und so zahlreiche Züge kindlicher Pietät gegen ihn angeschlossen haben. Zunächst ausgehend von den Pfarren der Stadt Münster und darauf von den zahlreichen Gemeinden der weiten Diözese zu Tage gefördert, setzten dieselben Stadt und Diözese in einer Art in Bewegung, welche an die schönsten Zeiten der glorreichen Geschichte unserer h. Kirche erinnerte und lebhaft in dieselbe zurückversetzte.

Und diese glorreiche, an den Stufen des Stuhles des h. Ludgerus beginnende Bewegung hat demnächst in immer weiteren Kreisen sich fortgepflanzt, bis sie den ganzen katholischen Bereich des preußischen Staates in sich beschloß. Staunend hat die Welt es gesehen, und es ist ihr gewesen, als wäre sie in ferne alte Zeiten zurückversetzt worden; und weithin, selbst in die fernsten Welttheile, ist — erfreuend und erbauend — die Kunde davon gedrungen.

Wir lassen über das Ganze hier die von uns im 23. Jahrgang (1874) des „Katholischen Missionsblatts" gegebenen Berichte folgen; diese herrliche Erscheinung ist in der That würdig, der Vergessenheit entrissen zu werden.

In Nr. 10 Seite 98: „**Die vierte Februarwoche in Münster.**" Der Montag der 4. Februarwoche (23. Febr.) wird für Münster stets ein denkwürdiger Tag bleiben; was noch nicht da gewesen, so lange der Stuhl des hl. Ludgerus steht, sollte am Morgen dieses Tages stattfinden — nämlich der Verkauf der gepfändeten Sachen des Bischofs.[1]) Aber siehe, in der ganzen großen Stadt war Niemand zu finden, welcher bereit gewesen wäre, die Sachen aus dem bischöflichen Palais nach dem Verkaufslokale zu schaffen. Auch die zahlreichen Dienstmänner hatten es entschieden abgelehnt. Doch endlich fanden sich 2, halb mit Widerstreben, bereit; aber kaum hatten sie die Sachen auf den Vorhof getragen, als ihre beiden herbeigeeilten Frauen voll Glaubenseifer wider sie auftraten und sie nöthigten, von dem Beginnen abzustehen. „Nun standen die Ochsen am Berge." Man

---

[1]) Derselbe hatte sich nämlich geweigert, den Geldbetrag, zu welchem er wegen Nichtbeobachtung der Maigesetze gerichtlich verurtheilt war, zu entrichten.

konnte die Sachen nicht fortschaffen, und bald kam die Entscheidung des Gerichtes, abzustehen. Knaben, welche gerade aus der Schule (Gymnasium) kamen, trugen, während die Menge, welche in dichten Haufen den Domhof, einen weiten großen Platz vor dem bischöflichen Hause, besetzt hielt, sie mit lauten Zeichen heiterer und freudiger Erregtheit begleitete, mit lustigem Wetteifer die Sachen, die schon vor dem Hause standen, wieder hinein.

An diesen, so zu Schanden gewordenen Verkaufsakt schlossen sich dann von Montag Nachmittag bis Donnerstag eine Reihe von nicht weniger als sieben Deputationen, welche dem hochw. Bischofe in schönen Ansprachen ihr tiefes Leid über die traurigen Vorgänge der Pfändung u. s. w., aber zugleich ihren festen Willen aussprachen, unter allen Umständen unerschütterlich treu zu ihrem Bischofe zu stehen, was dann jedesmal von Seite des hochw. Bischofs eine warme, die Herzen erhebende, vielfach Thränen hervorrufende Erwiderung fand. Eröffnet wurden diese schönen Kundgebungen am Montag Nachmittag vom sämmtlichen Pfarrklerus der Stadt; daran schlossen sich dann die Männer der Stadt, nach Pfarren geschieden, täglich in 2 Abtheilungen, 300, 400, selbst 600 an Zahl. In der That, eine unvergeßliche Woche und ein schöner Ruhm für Münsters Männerwelt, und — dürfen wir hinzusetzen — ein reicher Segen für sie und für Viele.

In Nr. 11 Seite 114 heißt es unter „Münster": Es entfaltet sich in unserer Stadt und Diözese eine Erscheinung, welche als das schönste Zeugniß echt katholischen Glaubens und Sinnes in gar hohem Grade die Gemeinden ehrt und nicht verfehlen wird, in der ganzen katholischen Welt auf's Erbaulichste zu wirken. Deputation reihet sich nämlich an Deputation, um, von viel Hunderten von Männern zusammengesetzt, selbst aus den fernsten Theilen der Diözese herbeieilend, dem hochw. Bischofe sich vorzustellen und unter Bezeugung der warmen Theilnahme für sein Geschick das Gelöbniß unverbrüchlicher Treue und Anhänglichkeit ihm zu Füßen zu legen. Und gehoben durch ihr edles Thun und warmen Herzens von dem anregenden Worte ihres Oberhirten kehren die Männer in die Heimath zurück, um das h. Feuer auch in die Familienkreise zu tragen und es dort in den Herzen höher anzufachen. (Folgt das Verzeichniß der Gemeinden, welche Deputationen sandten.)

In Nr. 12 Seite 123 und 124: Die Stadt und Diözese Münster. Unser Deputationen=Verzeichniß erhält heute den reichsten Zuwachs (folgt die lange Reihe der Namen). Welch' eine Erscheinung! Täglich 2 (ja mitunter 3, 4) Mal diese Reihen von Männern, vielfach aus weitester Ferne gekommen, aus allen Altersklassen (die ältesten nicht ausgenommen) sich über den Domhof zur Wohnung des Oberhirten ihrer Diözese hinbewegen zu sehen. Und was führt sie zu ihm? Nicht irdische oder menschliche Rücksicht, nicht äußere Veranlassung, nein — ihr für Gott,

Religion und Kirche warmes Herz, ihr Glaube, das Verlangen, in dieser Zeit, wo ihr Heiligstes von so vielen Seiten geschmähet und verfolgt wird und in den Boden getreten werden will, offen vor aller Welt für den h. Glauben und für die h. Kirche Zeugniß zu geben, indem sie dem Diener dieser h. Kirche, ihrem Oberhirten, gleichfalls feindseligen Unbilden preisgegeben, offene Huldigung darbringen und ihm ihre Theilnahme und Treue bezeugen. Welch' ein kostbares Zeugniß in unserer jämmerlichen, nur dem Irdischen fröhnenden Zeit, um so kostbarer, als es abgelegt wird von vielen, von immer neuen Hunderten von Männern, nicht bloß in ihrem Namen, sondern auch im Namen derjenigen, welche sie entsendet haben, — als es dargebracht wird unter vielfach so großen Opfern, an Zeit, an Geld, an Beschwerden. Dem Oberhirten der Diözese wird es zu Füßen gelegt; um ihn sammeln sie sich — diese herrlichen Deputationen, zahlreich an Theilnehmern, selbst bis zu 500, 700, 900 Mann und mehr, immer von Neuem — in jenen Räumen, welche in ergreifender Weise die Spuren der Ausführung der Maigesetze an sich tragen (zwei große zusammenhängende Säle ohne Tisch, ohne Stuhl, ohne Ofen, ohne Vorhänge; Alles ist zum Verkaufen vom Gericht abgeführt).[1]) Und nachdem ihre Wortführer aus warmem Herzen und mit beredtem Munde nicht selten in wahrhaft ergreifender Weise die Bedeutung ihres Kommens zum Ausdruck gebracht, und das von der ganzen Versammlung laut bestätigte Gelöbniß unverbrüchlicher Treue abgelegt haben, werden sie erfreuet und erbauet durch das entgegnende Wort ihres Bischofs. Wie greift das in die Herzen! Der Ernst der Lage, die Gefahren und Uebel, welche der h. Kirche drohen, die leider nur zu sichere Voraussicht von Kerker und Banden für die eigene Person und der Verwaisung der Diözese und der Gemeinden — alles legt ernste und ergreifende Worte in seinen Mund und Worte väterlicher Warnung und Mahnung, sich auf die nahenden Prüfungen, Kämpfe und Opfer durch engen Anschluß an die h. Kirche, durch eifrigen Gebrauch ihrer Gnadenmittel, durch echt christliches Leben und durch viel Gebet zu rüsten und dann zur Zeit fest zu stehen im h. Glauben und zur h. Kirche. Und daß das Wort des Oberhirten eine gute, tiefe Stätte findet, das beweisen die Züge tiefer Ergriffenheit in den Gesichtern, das zeigen die Thränen, welche man in den Augen perlen, aus dem Auge quillen sieht, — es sind Männerthränen. Und wie brauset dann, wenn schließlich der hochw. Bischof ein Hoch bringt auf den h. Vater, dasselbe aus Mannesbrust so gewaltig hervor, seine Wogen aus dem engen Raume weithin in die Stadt zu tragen, und wiederum brauset's, wenn's dann dem hochw. Bischof gilt;

---

[1]) Nachträglich hatte man zum Transport 2 Männer aus einer entfernten protestantischen Stadt kommen lassen; derselbe fand nächtlicher Weile statt.

einen würdigen Abschluß findet der rührende Act im ober=
hirtlichen Segen, den der Bischof über die knieende Männerschaar
ausspricht.

Wahrhaftig, das waren Ehrenwochen — die letzte Februar=
woche und die Märzwochen des Jahres 1874, im schönsten Sinne
des Wortes Ehrenwochen für die Stadt und die Diöcese Münster,
würdig, mit goldenen Lettern in der Geschichte derselben ver=
zeichnet zu werden! Die Stadt Münster hat den Reigen er=
öffnet und in der 4. Februarwoche vor aller Welt Zeugniß ab=
gelegt, daß sie eine durch und durch katholische Stadt sei — bis
auf den letzten Mann — unsere Brust hebt sich hoch und eine
Thräne hl. Rührung tritt in unser Auge, so oft wir dessen ge=
denken — und nun erwächset an den Märztagen mehr und mehr
der gleich ehrenvolle Beweis, daß unter den zahlreichen Ort=
schaften der weiten Diöcese, nicht eine sich findet, welche nicht
der Metropole würdig zur Seite träte. Das lohne dir der Herr,
du treue katholische Stadt und Diöcese Münster! Siehe dein
Zeugniß, das Zeugniß tiefsinniger katholischer Glaubensüberzeug=
ung und unerschütterlicher Glaubenstreue — so ehrend für dich,
wird, hinausgetragen in alle Welt, ein Segen werden für
Tausende. Oder wo wäre ein katholisches Herz, daß sich dessen
nicht erfreute, das sich dadurch nicht gehoben und erbauet fände?
Ja, auch Manchen aus denen, die nun wider unsre hl. Kirche
oder doch nicht zu ihr stehen, wird das an's Herz reden.

In Nr. 14, Seite 149 und 150: Die Deputationen zu
Münster. Der Deputationen=Strom wallet von Tag zu Tag,
so fast immer stärker über den Domhof dahin zum bischöflichen
Palais. Heut verzeichnen wir: (folgt das Verzeichniß). Auch die
Katholiken des rheinischen Antheils der Diöcese fangen an zu be=
weisen, daß ihr Herz eben so warm schlägt für den hl. Glauben
und ihren Bischof, als das der Katholiken Westfalens. Die
weite Entfernung von der Bischofsstadt ließ es im Rheinland
zweckmäßig erscheinen, daß nicht die einzelnen Gemeinden, wie
in Westfalen geschieht, sondern ganze Kreise Deputationen an den
hochw. Herrn Bischof entsendeten. Und damit auch denjenigen,
welche aus irgend einem Grunde an der Reise nach Münster ge=
hindert sind, Gelegenheit gegeben werde, ihren Gesinnungen Aus=
druck zu verleihen, so wird in allen Pfarreien eine dem hochw.
Oberhirten zu überreichende Adresse zum Unterschreiben aufgelegt.
Eröffnet wurde der schöne Reigen am 27. vom Decanat Geldern.
Eine aus Genossen der verschiedenen Ortschaften des Decanats
Geldern bestehende Deputation von 300 Männern überreichte
dem hochw. Herrn eine mit nahezu 9300 Unterschriften versehene
Adresse der Männer ihrer Gemeinden und eine Adresse der Damen
der Gemeinde Geldern mit 1005 Unterschriften. Eine wahrhaft
erhebende Kundgebung!

In Nr. 16, Seite 165 — 166: Kaum war der Ernst und die Freude der hh. Tage (Charwoche) zum Abschlusse gekommen, als jene erhebende Bewegung der Deputationen wieder in's Leben trat. In Münster wurde der am Mittwoch in der Charwoche abgeschlossene Deputationenzug am Montag wieder eröffnet. Die verschiedenen Redner führten eine ergreifend-entschiedene Sprache. Bei einer Deputation erhoben am Schlusse der Ansprache ihres Redners sämmtliche Deputirte, angesehene Männer (aus Wesel) ihre Hände wie Ein Mann und schwuren dem Bischofe Treue bis in den Tod.

Am Nachmittage des 7. April (5 Uhr) vermehrte die Stadt Münster die Reihe ihrer katholischen Demonstrationen in eben so schöner, als eigenthümlicher Art durch die Deputation der Frauen und Jungfrauen von Münster, welche zu vielen Tausenden das bischöfliche Palais, den Hofraum und den Domhof erfüllend, durch ein Comite dem hochw. Herrn in einer Adresse die Gesinnung ihrer Treue und Ergebenheit aussprachen und insbesondere sich anheischig machten, an einem bestimmten Tage sämmtlich eine hl. Communion für ihn aufzuopfern, wie sie sich denn schon am Morgen in großer Zahl im Dome versammelt hatten, die hl. Messe für ihn zu hören. Unsere herzlichste Anerkennung den guten Seelen allzumal, und Gottes reichster Segen. —

Auch am Abende des Ostermontags trat der katholische Geist der Bürgerschaft Münsters im schönsten Lichte hervor. Es war der Wahltag des hochw. Bischofs; die reiche und allgemeine Beflaggung der Straßen hatte ihn gefeiert; am Abende sollte ein Ständchen den Tag krönen. So sammelte sich schon früh eine zahlreiche Menschenmenge, um nach und nach den Raum vor dem Bischofshause und den ganzen Domhof zu füllen. Während die Menge in seltener Ruhe harrete, stimmten plötzlich zwei schöne, kräftige Stimmen das Lied an: Fest soll mein Taufbund immer steh'n, und sofort fiel die ganze Schaar ein, daß es mächtig dahin brausete. Kaum war der letzte Ton verhallt, da stand das bischöfliche Haus und der Domhof in strahlendem Lichte des herrlichsten bengalischen Feuers und es ertönten rauschende, nicht enden wollende Hochrufe. Und nun wechselten so fast $^3/_4$ Stunden Kirchengesänge (Großer Gott, wir loben Dich u. s. w.) mit Hochrufen und immer neuem Aufleuchten des bengalischen Feuers; dabei herrschte, trotzdem die Menge immer mehr anschwoll, die größte Ordnung und Ruhe. Endlich trat der hochwürdigste Herr an's Fenster, dankte für die rührende Theilnahme und ertheilte den bischöflichen Segen. Nach begeistertem Hochrufe vertheilten sich die Schaaren unter dem Absingen kirchlicher Weisen. — In der That glorreiche Erscheinungen echt katholischen Geistes, hervorgerufen durch die Feinde der hl. Kirche, allen Guten zur Erbauung und Erhebung.

Zum Abschlusse finde folgender Vorfall, der in so hohem Grade erbaulich ist, noch Platz; wir theilten ihn mit im Missionsblatt Nr. 12, Seite 128: In diesen Tagen, (März) kam zu unserm hochw. Bischofe (Münster) eine einfache Frau vom Lande; „hochwürdiger Herr", sagte sie, „ich habe zu meiner größten Trauer gehört: daß man Euch bald in's Gefängniß wegführen will; da möchte auch ich nun so gerne etwas zu Eurer Hülfe beitragen. Hier habe ich 3 Thaler, die haben wir uns erspart, nehmet sie mit auf den Weg." Unter diesen Worten hielt sie ihm die 3 Thaler entgegen. Der hochw. Bischof: „Ja, gute Frau, ich danke Euch herzlich, daß Ihr eine solche Theilnahme für mich habet; aber das Geld kann ich doch nicht wohl nehmen; denn ich habe jetzt noch keine Noth." Sie: „O Herr, nehmet es doch. Wenn Ihr es nicht nehmet, so gehe ich ganz traurig weg." Der hochw. Bischof: „Ja, dann will ich es nehmen, wenn Ihr mir erlaubet, daß ich es zu einem frommen Zwecke verwende." Sie: „Das könnt Ihr nur thun. O Herr, was ist das doch jetzt traurig in der Welt. Doch hoffe ich, es kommt noch nicht dazu, daß man Euch wegholet. Wir beten alle Tage fleißig für Euch und jeden Abend bete ich mit meinen Kindern einen Rosenkranz auf den Knien, daß Ihr doch nicht weggeholt werdet. Ich habe 2 Kinder und habe sie sehr lieb. Aber eins habe ich für Euch dem lieben Gott zum Opfer gebracht und bete alle Tage zu ihm, er möge es an Eurer Statt nehmen und es sterben lassen, damit Ihr doch nicht weggeholt würdet." Uns haben, als wirs aus dem Munde des hochw. Bischofs vernahmen, hh. Schauer durchbebt, und das Auge ist feucht geworden. Dem hochw. Herrn hats auch so gegangen. So Großes und Schönes wirkt der Herr in Seelen, die in hl. Einfalt ihm allein anhangen.

Auch einer Adresse haben wir Erwähnung zu thun, welche die katholischen Edeldamen des Münsterlandes dem hochw. Bischofe in Folge der gedachten Pfändung überreichten und worin dieselben ihrer herzlichen Theilnahme für ihn und den Gesinnungen der treuesten, unerschütterlichen Anhänglichkeit an ihn und die hl. Kirche einen wahrhaft erhebenden Ausdruck gaben. Dieselbe wurde der Anlaß zu einer Klage des münsterischen Kreisgerichtes wider sie, aber zugleich in Folge davon zu den schönsten Kundgebungen des echtkatholischen Geistes, welcher den zahlreichen Adel des Münsterlandes beseelt und sich im ganzen Verlaufe des sog. „Kulturkampfes" fortwährend in wahrhaft ehrenvoller Weise bethätigt hat [1]).

---

[1]) Am 3. Dezember traf in Münster eine Deputation der katholischen Edeldamen Englands, Schottlands und Irlands ein, um den obengedachten Damen, welche unterdessen wegen ihrer Adresse an den Bischof verurtheilt waren, eine Adresse voll warmer Anerkennung ihres mannhaften Auftretens zu überreichen. —

Die Firmungsreisen des Jahres 1874.

Von der vierten Februarwoche bis tief in den Monat April hinein, also viele Wochen hindurch, hatte der Deputationenstrom fast ohne Unterbrechung von Tag zu Tag fortgewährt; gewiß Wochen voll Trost und Erhebung für den Oberhirten der Diöcese, da sie ihm von Tag zu Tag immer neue Beweise von dem Glaubenseifer und der treuen Hingebung der Diöcesanen aus allen Theilen der Diöcese und aus allen Gemeinden entgegenbrachten; aber es waren auch Wochen und Tage der äußersten Anstrengung. Eine solche geraume Zeit hindurch täglich zwei, drei, selbst vier verschiedene Deputationen zu empfangen und dabei, da die meisten nach mehreren Hunderten zählten, eine geraume Zeit in der Schwüle des von Menschen auf's Dichteste besetzten Locales zu verweilen, um die Ansprache entgegenzunehmen und selbst — also wiederholt am Tage — eine Rede zu halten, das war gewiß nicht etwas Leichtes. Sein Eifer für die Sache Gottes und das Seelenheil der Diöcesanen aber legt es ihm nahe, diese schöne Gelegenheit zu benutzen, um den Deputirten so Manches, was durch die Zeitverhältnisse Bedeutung und Wichtigkeit erlangt hatte, an's Herz zu legen. So hielt er denn recht lange Anreden, welche um so anstrengender waren, als er, um durch die beiden Säle, worin die Deputirten aufgestellt waren, hindurch verstanden werden zu können, seine Stimme recht sehr anstrengen mußte.

Aber so anstrengend auch die Sache für ihn war, so widmete er sich dennoch bis zum Ende jeder einzelnen Deputation mit einer bewunderungswürdigen Hingebung und mit einer Frische und Wärme, als wäre sie die einzige, und dennoch fand er sich nach Abschluß dieser eben so mühevollen als schönen Tage in hohem Grade erschöpft und in seiner Gesundheit angegriffen. Den kommenden Ereignissen aber sah er fortan mit einer um so größeren Ruhe entgegen. Er erwartete nichts anderes, als was den Erzbischof von Posen und den Bischof von Paderborn und seinen Freund, Erzbischof Paulus von Köln bereits getroffen. Aber je sicherer er die Zeit voraussah, wo er der Freiheit, thatsächlich für seine geliebte Heerde wirksam sein zu können, beraubt sein werde, desto mehr fühlte er sich gedrungen, trotz seiner in hohem Grade angegriffenen Gesundheit die Zeit zu benutzen, um in möglichst reichem Maße die Segnungen seines oberhirtlichen Amtes seiner theuern Diöcese zuzuwenden.

Kaum hatte er daher einige Wochen von den Anstrengungen der Deputationen ausgeruht, als er eine ganze Reihe von Firmungsreisen antrat, welche fast ununterbrochen bis in den Herbst

---

Selbst aus America erhielten dieselben Damen eine künstlerisch schön ausgestattete Adresse, in welcher 80 Damen ihre Theilnahme im Namen von Tausenden in America aussprachen.

hinein währten. War er von der einen Firmungsweise heimgekehrt, da eilte er nach einer Rast etlicher weniger Tage in ein anderes Dekanat; es lag ihm am Herzen, die heranwachsende Jugend wider die großen Gefahren, welche die Zeitverhältnisse ihr bereiten, mit der Kraft von oben zu rüsten; in den Schulen den ihm so theuern Kindern Worte väterlicher Liebe an's Herz zu legen, geeignet, auch sie in einer für sie insbesondere so bösen und verderblichen Welt sicherer zu stellen; die ganze Gemeinde durch Worte der Belehrung und Mahnung für die drohenden Kämpfe vorzubereiten und ihr durch sein Auftreten unter ihnen, wie auch durch die dabei sich entwickelnde Feier, heilsame Anregung und Erweckung zu vermitteln.

Um das Anstrengende solcher Firmungsreisen würdigen zu können, muß man die Tagesordnung, welche Johann Bernard dabei einhält, näher kennen; sie nimmt ihn vom frühen Morgen bis zum späten Abend in Anspruch. Ist nämlich die Ausspendung der h. Firmung, wobei er jedesmal eine Predigt hält und welche bei der oft großen Zahl der Firmlinge meist mehrere Stunden in Anspruch nimmt, zu Ende, so besucht der hochw. Herr die verschiedenen Schulen der Gemeinde, um sich lehrend und ermahnend auf's Eingehendste mit den Kindern zu beschäftigen; auch die Wohlthätigkeits-Anstalten erfreuen sich seines Besuches. Der Nachmittag ist dann den kleinern Nachbargemeinden, welche ihre Firmlinge zu den größern Ortschaften senden, gewidmet; auch da Besuch der Schulen, wie am Morgen. Geht's dann am Spätnachmittage zur folgenden Firmungsgemeinde, so ist der Abend von den Empfangs- und sonstigen Feierlichkeiten, von Besichtigung der Illumination u. s. w., von Ansprachen und Reden auf's Vollständigste, zuweilen bis in die Nacht hinein in Anspruch genommen. In der That arbeitsvolle, angestrengte Tage!

Dazu kommt noch, daß äußeres Gepränge, wie es bei solchen Gelegenheiten zur Geltung zu kommen pflegt, unserm Bischofe seiner ganzen Natur nach an und für sich äußerst wenig zusagt; und würde er, wenn er blos seine Person im Auge hätte, durchaus dahin neigen, dasselbe auf's Entschiedenste sich zu verbitten. Aber in vollkommenster Anerkennung der großen Bedeutung und der Vortheile, welche solchen Kundgebungen lebendigen Glaubens und kirchlichen Sinnes überhaupt und insbesondere in unsern Tagen innewohnen, nimmt er mit vollster Verläugnung aller natürlichen Antipathie dieselben mit ganzem Herzen entgegen.

Die Gefahr aber, welche die gedachten — durch den ganzen Sommer fortgesetzten — Anstrengungen für seine ohnehin angegriffene Gesundheit und für sein Leben mit sich führen, achtete er gering; und so setzte er, als ein wahrhaft guter Hirt, recht eigentlich selbst sein Leben für seine geliebte Heerde ein.

Dafür hatte er denn auch den großen Trost und die Freude, daß während dieser Firmungsreisen, die vielfach wie Triumphzüge erschienen, auch die Tage, wo er in den Gemeinden weilte und waltete, zu Tagen reichsten Segens für dieselben sich gestalteten, so fast, als ob eine Mission in ihrer Mitte stattgefunden hätte.

Nach Vollendung der fast übermenschlichen Anstrengungen eines solchen Sommers war jedoch die Gesundheit des hochw. Herrn auf's Aeußerste angegriffen und seine Kraft wie gebrochen.

Ein gewisses körperliches Uebel, von welchem er in Folge des Gebrauchs gewisser Heilquellen im vorigen Jahre fast gänzlich sich frei gefunden, machte sich in bedenklicher Weise wieder geltend. So große Ueberwindung es ihm daher auch kostete, unter den jetzigen Zeitverhältnissen zum wiederholten Gebrauche jener Heilquellen auf mehrere Wochen seine Diöcese zu verlassen, so war dennoch die Erklärung sachkundiger Aerzte von der Nothwendigkeit desselben zu entschieden, als daß er sich ihm entziehen durfte. Als er nach Verlauf etlichen Wochen zurückkehrte, durften wir uns der heilsamsten Wirkungen seines Aufenthaltes in der Ferne erfreuen. Welchen innigen Antheil die ganze Bürgerschaft Münsters davon nahm, bewies die bald darauf erfolgende Feier des Allerheiligenfestes, an welchem der hochw. Bischof herkömmlich nach dem Pontifikalamte feierlich den päpstlichen Segen ertheilt. Nie sahen wir den Dom mit einer größern Zahl von Gläubigen angefüllt; es war ergreifend, als der Oberhirt über die so zahlreiche in Andacht knieende Menge seine segnende Hand erhob, welche darauf den Rückgang desselben zum bischöflichen Hofe benutzte, um vor dem Dome ihre Freude über seine glückliche Heimkehr und ihre Huldigung in lauten Hochrufen ihm an den Tag zu legen.

Sechs Sonntage in den verwaiseten Gemeinden.

Kaum hatte Johann Bernard wieder begonnen, seine erneuerten Kräfte der regelmäßigen Erfüllung der mannigfachen Obliegenheiten seines wichtigen Amtes zu widmen, als vom Rheine her, wo er eine seiner letztern Firmungsreisen gemacht hatte, die Kunde von einer Anklage herüberdrang, daß er in den dabei stattgehabten Ansprachen und Reden des Verstoßes gegen den sog. „Kanzelparagraphen" (der Gefährdung des öffentlichen Friedens) sich schuldig gemacht habe. Wirklich wurde er dieserhalb vom Gerichte zu Cleve auf den 22. Januar vorgeladen. Er erschien und legte in seiner Vertheidigungsrede die Nichtigkeit der wider ihn aufgeführten Zeugnisse und die Unanfechtbarkeit seiner Ansprachen in so siegreicher Weise dar, daß trotz der Ungunst der Umstände die Freisprechung erfolgte. Noch siegreicher trat der hochw. Herr auf, als er in derselben Angelegenheit nach erfolgter Appellation am 15. März vor dem Appellhofe zu Cleve zu stehen hatte. Auch hier erfolgte Freisprechung [1]).

---

[1]) Ein Augenzeuge berichtet darüber dem „W. M.": „Die hohe Würde des Beschuldigten hatte ein zahlreiches Publikum aus allen Ständen schon lange

Schon in den letzten Tagen des Jahres 1874 hatte der hochw. Bischof zweimal Besuch von einem gerichtlichen „Executor", der ihn behufs Erlangung von mehreren hundert Thalern Ord= nungsstrafe pfänden sollte; aber es fand sich nichts zu pfänden. Zwar waren die im März gepfändeten und demnächst gerichtlich verkauften Gegenstände, nachdem sie von angesehenen Bürgern der Stadt angekauft worden, gleich nach dem Verkaufe (unter allgemeinem Jubel und Hurrahrufen) vom Volke in's bischöfliche Palais zurückgetragen, aber von den betreffenden Käufern dem Bischofe nur leihweise — wie er es wünschte — zur Disposition gestellt worden.

Unterdeß war es dem Bischofe vergönnt, noch einmal für die hl. Fastenzeit dieses Jahres sein Hirtenwort an seine theuere Diöcesanen zu richten. Er behandelte in demselben in der ihm eigenen kernhaften und klaren Weise einen höchst zeitgemäßen und wichtigen Gegenstand, nämlich die beiden Punkte: 1) Alles Kreuz, alle Leiden und Trübsale, weß Namens sie sein mögen, kommen von Gott und liegen im Plane seiner weisen Fürsehung; 2) alles Heil geht aus vom Kreuze. Wir bedauern es, daß der uns zugemessene Raum es nicht mehr gestattet, auch nur aus= züglich das hocherbauliche Hirtenwort hier zur Mittheilung zu bringen.

Kaum hatte der hochw. Herr sein Fasten=Hirtenschreiben voll= endet, da legte ihm die väterliche Sorge für jene Gemeinden in seiner Diöcese, welche durch Sterbefälle der Pfarrgeistlichen und

---

vor Beginn der Sitzung herbeigeführt, so daß nur ein Theil Einlaß in den Sitzungssaal finden konnte. Mit seiner ganzen Würde trat zur Zeit der hochw. Bischof auf, um in einer prächtigen Rede in überwältigender Weise die Anklage zu Schanden zu machen. Zunächst protestirte er auf's entschiedenste gegen die von der Oberprocuratur erhobene Anklage, daß er Staats = Angelegenheiten in einer den öffentlichen Frieden gefährdenden Weise zum Gegenstande einer Erörterung gemacht habe; mit Abscheu weise er eine solche Insinuation von sich. In einer Zeit des Unglaubens und Socialismus, den ärgsten Feinden des Staates, wie der Kirche, halte er es für eine hl. Pflicht des Bischofes, die Gläubigen zu warnen vor solchen Bestrebungen, die geeignet seien, alle göttliche und menschliche Ordnung zu vernichten. In Erfüllung dieser Pflicht habe er in den betreffenden Ansprachen auf jene staatsgefährlichen Theorieen des Materialismus hingewiesen, und durch Belehrung das Volk von diesem modernen Heidenthum zu bewahren gesucht. Dann führte er aus, wie in jetziger aufgeregter Zeit des sogen. Cultur= kampfes so viel gesprochen und gelesen werde, daß vielfach die Begriffe und An= sichten der Zeugen auf Mißverständnissen beruhten, wie dies so evident in erster Instanz und auch heute sich gezeigt. Sobann betonte der Bischof, wie er in seinem ganzen Leben stets bestrebt gewesen, als General=Vicar wie als Bischof, den Staat zu schützen, und dieses Bestreben durch die That bekundet habe, daher auch sein fortwährendes bestes Einvernehmen mit den Beamten. Der Vertheidiger (Advokat= anwalt) beschränkte, indem er die Besürchtung aussprach, durch längere Rede „dem mächtigen Eindrucke der bischöflichen Worte nur Eintrag zu thun", seine Auslassung auf die Ergänzung einiger Einzelheiten. Groß und allgemein war die Freude, als das freisprechende Urtheil verkündet war; es ertönten Böllerschüsse und die Häuser kleideten sich in reichen Flaggenschmuck.

in Folge staatlicher Sperrungen der geordneten, regelmäßigen Seelsorge beraubt sind, den Gedanken nahe, dieselben zu besuchen und in jeder derselben an je einem Sonntage die sonst dem Pfarrer obliegenden kirchlichen Verrichtungen zu vollführen. Er schritt sofort an die Ausführung; und wie ist dieselbe fruchtbar geworden an den reichsten Segnungen! Eröffnet wurde diese Reihe apostolischer Reisen am Sonntage Quinquagesima in der kleinen Gemeinde Eggenrode, woran sich dann Werne, Sevelen, Seppenrade, Donsbrüggen und Pont (drei in Westfalen und drei im Rheinland) anschlossen. Wir lassen, um von der Wirksamkeit des hochw. Bischofs an diesen sechs Sonntagen eine Vorstellung zu ermöglichen, von der ersten Gemeinde einen eingesandten Bericht folgen:

Eggenrode, 9. Februar. — Am vorigen Sonntag hatte unsere Gemeinde die große Freude, ihren Oberhirten, den hochw. Herrn Bischof von Münster, in ihrer Mitte zu sehen, der gekommen war, uns in unserer bedrängten Lage zu trösten, aufzurichten und zu ermuthigen. Schon seit mehr als Jahresfrist sind wir eine verwais'te Heerde, ohne regelmäßigen Gottesdienst und müssen an Sonn- und Festtagen durch Sturm und Regen und Winterluft einen weiten Weg machen, um dem h. Meßopfer in einer Nachbargemeinde beizuwohnen, da unser Pfarrer Kemper noch immer in der Verbannung leben und den Boden seiner Pfarre meiden muß. Um so größer war unsere Freude, als die Kunde von dem nahen Besuche unseres vielgeliebten Bischofs sich hier verbreitete, und alle Hände regten sich, Hochdenselben würdig zu empfangen. Die Nachbargemeinden Osterwik, Schöppingen, Darfeld und Horstmar leisteten uns brüderlich Hülfe dabei, wie sie überhaupt an unserem Schicksal den innigsten Antheil nehmen. Am Samstag Nachmittag traf der hochw. Herr hier ein. Die ersten Reiter von Osterwik nahmen ihn zu Darfeld in Empfang und geleiteten ihn zur Grenze der Gemeinde, wo die eigentliche Reiterei etwa 80—100 Mann zählend sich aufgestellt hatte. Von da bis zum Dorf war schon der Weg mit Bogen und Fähnchen geziert. Am Eingang des Dorfes stand die Gemeinde, die Schuljugend, der Kirchenvorstand, die Fahnen, die Chorsänger, alles, nur der Pfarrer fehlte. Unter einem prächtigen Triumphbogen stieg der hochw. Herr aus und wurde von dem Kirchenvorstand und den Kindern mit warmen Worten begrüßt. Unter dem Geläute aller Glocken, dem Donner der Böller und dem Gesange religiöser Lieder zog man nun in's Dorf, das sein schönstes Festkleid angelegt hatte. Der Weg war mit Tannen- und Wachholdersträuchen eingefaßt, die wiederum mit kleinen Fähnchen verziert waren. Ein wahre Unzahl von Fahnen und Flaggen wehte von den Dächern und aus den Fenstern. Manche Bogen trugen sinnreiche Inschriften. Aber bei all dem Schönen, was wir sahen, bei allem Sang und Klang und Freudenschüssen lag doch etwas eigenthümlich Wehmüthiges über der ganzen Feier und immer auf's Neue mußten wir zur Pastorat hinüberschauen, die verschlossen und ohne alle Zier abseits vom Wege lag. In der Kirche angekommen, hielt der hochw. Herr eine kurze Ansprache an die Gemeinde und kehrte dann beim Schulzen Eggenrode ein. Nach einer kurzen Erholung begab er sich wieder zur Kirche und hörte von 5—10 Uhr Abends den Gläubigen die Beicht; desgleichen am andern Morgen bis 9 Uhr. Um 10 Uhr celebrirte Hochderselbe das Hochamt und predigte. Die Kirche war überfüllt und fast die Hälfte der Hinzugeströmten mußte draußen bleiben. Am Nachmittag hielt der hochw. Herr eine Stunde Christenlehre, sang darauf die Litanei vor und gab zum Schlusse der Andacht den Segen mit dem hochwürdigsten Gut. Kaum zu Hause angelangt, empfing er eine Deputation von Ahaus und demnächst von Schöppingen, welche gekommen waren, ihrem Oberhirten ihre Treue und Ergebenheit auszudrücken. Spät am Abend erschien ein solenner Fackelzug der Gemeinde Eggenrode, bei dem ein Gesangchor mehrere vierstimmige Lieder in sehr exacter und vollendeter Weise zur Ausführung brachte. Am Montag Morgen machte der hochw. Herr, nachdem er zuvor mehrere Stunden Beicht gehört hatte, noch einen Besuch in der Schule und fuhr dann nach Darfeld. Uns werden diese Tage unvergeßlich sein. Nach dem Diner bei Herrn Grafen Erbdroste wohnte der Bischof der Vesper in der Kirche zu Darfeld bei, wo gerade das 40stündige Gebet gefeiert wurde, und fuhr demnächst nach Münster zurück.

Wie in diesem Falle, so besuchten der hochw. Bischof auch in den folgenden Wochen einige der benachbarten Gemeinden, wo seine Gegenwart dann Anlaß zu den schönsten Kundgebungen wurde. Als ein Beispiel unter vielen lassen wir einen Bericht aus Herbern, einem Nachbarorte von Werne, folgen:

„Auf seinem Rückwege von Werne bereitete dem hochw. Bischofe auch die Pfarre Herbern, welche erfahren hatte, daß er dort einige Stunden verweilen werde, eine schöne Huldigung. Hunderte von Händen waren am Morgen thätig, Kirche, Häuser und Straßen zu reinigen und zu schmücken, um dem geliebten Oberhirten einen würdigen Empfang zu bereiten. Trotz der sehr schlechten Wege (wegen des aufthauenden Schnees) war beim Eintreffen desselben um $12^{1}/_{2}$ Uhr die Kirche dicht gedrängt voll. Nach den üblichen kirchlichen Feierlichkeiten ertheilte der hochw. Herr den bischöflichen Segen, und als er dann mit einigen ergreifenden Worten die gegenwärtige Lage der Kirche schilderte und den Einzelnen die Pflichten gegen die Kirche an's Herz legte, da lauschten alle Versammelten mit gespannter Aufmerksamkeit den begeisterten Worten des Oberhirten. — Der Nachmittag galt den Schulkindern. Die freundlichen und vertraulichen Worte, welche Hochderselbe an die Kinder richtete, gewannen ihm schnell alle Herzen und es wird den Kindern unvergeßlich sein, wie er als wahrer Kinderfreund unter ihnen weilte."

Als habe es im Rathschlusse Gottes gelegen, daß auch nicht eine der verwais'ten Gemeinden des Trostes und des Segens dieser apostolischen Wirksamkeit ihres Bischofs entbehren solle, so geschah es, daß durch einen scheinbar zufälligen Umstand seine

auf den 12. März festgesetzte und bereits eingeleitete Verhaftung
vereitelt wurde und er so am 14. noch die Gemeinde Pont be=
suchen und am folgenden Tage durch sein mächtiges Auftreten
am Appellhofe zu Cleve seiner Sache den Sieg vermitteln mochte.

Der Nachfolger des h. Ludgerus im Gefängnisse.

Es war im Anfange des Jahres (1875), als Bischof Johann
Bernard durch gerichtliches Erkenntniß eines neuen Verstoßes
gegen die Maigesetze schuldig erklärt und zu mehreren Hundert
Thalern, und im Nichtzahlungsfalle zu 40tägiger Gefängnißstrafe
verurtheilt wurde. So erschien denn am 16. Februar abermals
ein „Executor" im bischöflichen Hofe mit der Frage, ob der Herr
Bischof nichts Pfändbares zur Disposition habe. Es wurde ihm
erwiedert, daß sämmtliche vorhandene Gegenstände entweder frem=
des Besitzthum oder bei der früheren Pfändung als unentbehrlich
anerkannt seien. Demgemäß erfolgte am 27. die Aufforderung
des Gerichtes an den hochw. Herrn, sich binnen acht Tagen zur
Verbüßung der 40tägigen Gefängnißstrafe nach Warendorf (fünf
Stunden von Münster) zu begeben. Da solcher Aufforderung
selbstredend nicht Folge gegeben wurde, so hatte man vom 6. März
an von Tag zu Tage das traurige Schauspiel der Abführung
in's Gefängniß zu erwarten.

Die Theilnahme und das Leid war allgemein. Schon am
1. erschien eine Deputation des münsterschen Adels beim hochw.
Bischofe, um ihm ihre Theilnahme auszudrücken, zugleich mit
der Bitte, die Strafsummen für ihn entrichten zu dürfen, wie
deren bereits von einzelnen Edelleuten und Bürgern dasselbe An=
erbieten gestellt war. Es ist leicht einzusehen, daß dem hochw.
Herrn, so sehr er solche Beweise von Liebe anerkannte, Gebrauch
von ihnen nicht machen durfte. — Am 4. fanden sich in ähnlicher
Weise die Damen des westf. Adels beim Bischofe ein; rührende
Ansprachen wurden gewechselt. Daran schloßen sich dann am
10. die Mitglieder des Domcapitels und der städtischen Geist=
lichkeit, um von ihrem hochverehrten Oberhirten Abschied zu
nehmen und ihm zugleich die Versicherung unwandelbarer Treue
zu wiederholen. Dabei war die heitere Zuversicht, womit der
hochw. Bischof allen drohenden Wettern entgegensieht, gradezu
überraschend.

Auf den 11. hatte der hochw. Herr eine Vorladung zum
Gerichte erhalten; es war in der Stadt bekannt geworden und
die Ansicht verbreitet, man werde den Bischof bei dieser Gelegen=
heit verhaften. Als derselbe daher um 4 Uhr sich zum Gerichts=
gebäude begab, harrte seiner bereits eine große Volksmenge —
Leute aus allen Ständen —, welche fortwährend sich mehrend

still und schweigend ihm folgte, und während er vom Untersuchungsrichter (wegen der Encyclica des h. Vaters vom 5. Febr.) vernommen wurde, vor dem Gerichtsgebäude und in den benachbarten Straßen wartend mit jedem Augenblicke mehr anschwoll. Die Volksmenge verhielt sich so ruhig, daß die anwesende Polizei nicht die mindeste Veranlassung zum Einschreiten fand. Als aber nach 20 Minuten der hochverehrte Oberhirt wieder aus dem Gerichtsgebäude trat, erschollen brausende Hochrufe, die gar kein Ende fanden, während er, von Tausenden umgeben, raschen Schrittes durch die Stubengasse, die Clemensstraße, über den Principalmarkt und den Domhof zum bischöflichen Palais zurückkehrte. Dieses war bereits vollständig umlagert und die begeisterten Hochrufe, die weithin über die Stadt hörbar ununterbrochen aus dem Zuge erschallten, wurden von der hier weilenden Menge wo möglich noch kräftiger beantwortet. Der hochw. Bischof ertheilte der niederknienden Versammlung den Segen und zog sich mit den Worten: „Ich danke für Ihre Theilnahme," tief bewegt in das Haus zurück. — Am folgenden Tage (12.) verbreitete sich plötzlich die Kunde, daß um 11 Uhr der hochw. Herr solle abgeführt werden; schon sei die Extrapost auf dem Posthofe bereit und der Domhof mit Policisten besetzt. Alsbald fand sich eine ungeheure Menschenmenge vor dem bischöflichen Palais zusammen. Doch das Beginnen scheiterte an dem einfachen Umstande, daß der hochw. Herr ausgegangen war, um mehrere Besuche in der Stadt zu machen. Die Extrapostpferde wurden wieder ausgespannt. Als der Bischof kurz nach 12 heimkehrte, begrüßte ihn ein tausendfaches Hoch von der noch versammelten Menge. Nun hieß es, die Abführung werde um $1^{1}/_{2}$, dann um 6 Uhr stattfinden; jedesmal, wie am Morgen, die zahlreichste Versammlung von stundenlang Harrenden. Zudem stand eine ganze Reihe von Wagen bereit, worin zahlreiche Bürger den hochw. Herrn bis Warendorf begleiten wollten. Aber die Abführung fand nicht statt. Erst am 13. Morgens 7 Uhr neue Anstalten zur Verhaftung; nun aber war der Bischof bereits abgereiset, um auch am Passionssonntag, wie an allen Sonntagen der Fasten, eine verwais'te Gemeinde mit seiner Gegenwart und Wirksamkeit zu beglücken. Münster aber hatte am 11. und 12. wieder einen ruhmvollen Beweis von seiner treuen Anhänglichkeit an Bischof und Kirche gegeben.

Was auf solche Art seit mehr als acht Tagen die Gemüther der treuen Katholiken Münsters in steter banger Spannung gehalten, das sollte endlich der 18. März zur traurigen Ausführung bringen. Am Abende des 16. wieder in Münster eingetroffen, hatte der Herr Bischof jeden Augenblick seine in der vorhergehenden Woche vereitelte Verhaftung zu erwarten. Mit seltener Fassung und Ruhe sah er ihr entgegen. Doch der Mittwoch ging ruhig vorüber. Aber man wollte wissen, daß die frühe Morgenstunde des 18. für das traurige Beginnen festgesetzt sei. Und so war's!

Schon um 6 Uhr sah man einen Extrapostwagen vor dem bischöflichen Hofe, begleitet von den zur Verhaftung abgeordneten Gerichtspersonen und mehreren Polizeimännern. Man fand das Thor verschlossen, und vernahm, daß der hochw. Herr in seiner Hauskapelle die h. Messe celebrire. Nach Beendigung derselben — es war nahezu 7 Uhr geworden — trat der Deputirte des Kreisgerichts ein. Um den hochw. Bischof hatte sich unterdeß das hochw. Domcapitel, welches seine treue und liebevolle Anhänglichkeit an seinen Bischof wiederholt bekundet hatte, versammelt, und hatten sich ihm die Geistlichen der Stadt und mehrere angesehene Bürger angeschlossen. Auf dem Domhofe (dem Platze vor dem bischöflichen Palais) aber hatte sich unterdeß auf die so schnell sich verbreitende Trauerkunde eine zahlreiche Menge zusammengefunden; diejenigen, denen es vergönnt war, in diesen Augenblicken in der Nähe des hochw. Herrn zu weilen, fanden sich ergriffen von der fast heiteren Ruhe desselben. — Nun trat der Gerichtsdeputirte an den hochw. Herrn heran, den Haftbefehl in der Hand, mit der Erklärung, daß er beauftragt sei, ihn in Folge des wider ihn gefällten Urtheils des Kreisgerichts zu verhaften und in das Kreisgefängniß zu Warendorf abzuführen. Der hochw. Herr Bischof legte gegen das Urtheil und die Verhaftung feierlich Protest ein.

So war denn ein Inhaber des Stuhles des hl. Ludgerus Gefangener zum ersten Male seit Gründung desselben; dieser Gedanke durchzuckte in dem Augenblicke erschütternd die Gegenwärtigen. Noch einmal reichte der hochw. Herr, indem er seine Freude darüber aussprach, daß er gewürdigt sei, um Christi willen zu leiden, Allen mit der liebevollsten Freundlichkeit die Hand, und ertheilte ihnen, während sie rings um ihn knieeten, den oberhirtlichen Segen. Die unten harrende Menge aber empfing ihn, als er aus dem Hause und zum Wagen hintrat, mit endlosem, brausendem Hoch; dann wurde das Lied angestimmt: „Fest soll mein Taufbund immer stehn", aber immer von Neuem mengten sich Hochrufe in die Melodie. Nur mit Mühe fand der Wagen durch die dichtgedrängte Menge seinen Weg; als er aber abfuhr, folgten ihm unter fortgesetzten Hochrufen die Blicke von Tausenden, tiefe, bittere Wehmuth im Herzen, in vielen Augen perlten Thränen; man hörte Schluchzen. Die Mehrzahl begleitete den scheidenden treuen Oberhirten weithin bis zum Thore hinaus. Eine lange Reihe von Wagen, in ihnen Adelige und die angesehensten Bürger, gaben dem gefangenen Oberhirten das Geleite nach Warendorf. In der Stadt selbst aber gaben zahlreiche Häuser durch ihre schwarzumflorten Flaggen Kunde von der Trauer des Tages [1]).

---

[1]) Auch in Telgte, wodurch der Weg führet, wie in Warendorf sammelten sich schnell zahlreiche Schaaren, um ihre Ehrfurcht, Liebe und Trauer auf die

Schluß.

Da also, — im Gefängnisse haben wir von Johann Bernard zu scheiden. Wir scheiden mit wehmuthsvollem Herzen, aber auch mit Zuversicht. Was auch kommt, er wird nicht wanken. Er hat bei seiner Inthronisation das Wort gesprochen, er hat's am Brunnen des hl. Ludgerus und in seinem letzten Hirtenschreiben und im Angesichte der Deputationen und Gemeinden erneuert, daß er als ein rechter katholischer Bischof treu und unentweglich stehen werde auf der Stelle, die Gott ihm angewiesen habe; und er wird „mit Gott" sein Wort halten.

Und allem Gesagten gemäß dürfen wir hier mit Recht der Freude und dem Danke vor Gott Ausdruck geben, daß der Stuhl des hl. Ludgerus von einem Bischofe besetzt ist, der eines so großen Vorgängers in so hohem Grad würdig ist, den Gott der Diöcese gegeben hat als einen Segen vom Himmel, als einen weisen Führer in dieser bedrängten und gefahrvollen Zeit, als den guten Hirten, der sein Leben lässet für seine Heerde.

Sollen wir schließlich noch einige Worte über die Person Johann Bernards hinzufügen, so mag es wenige Menschen geben, bei welchen mit so reicher, geistiger Begabung und mit so bevorzugter Stellung ein so hoher Grad schlichten, einfachen und anspruchslosen Wesens verpaart ist. Auf's Vollkommenste erleuchtet in den Wegen der Gottseligkeit, übt er eine ächte und gediegene priesterliche Frömmigkeit, welche allen eiteln Schein verabscheuend und verschmähend stets auf das Wesentliche gerichtet ist. — Nach dem erhabenen Vorbilde Jesu Christi tief begründet im Geiste der Selbstverleugnung hat er immer und in Allem nur die Sache Gottes im Auge; nichts liegt ihm so fern, als irgend etwas für sich zu suchen, wie denn unter allen irdischen Dingen und Verhältnissen nichts ist, was für ihn irgend ein

---

ergreifendste Weise an den Tag zu legen. Warentorf hatte in der kürzesten Zeit den Schmuck der zahlreichsten schwarzumflorten Flaggen angelegt. Als der Wagen vor dem Gefängnisse hielt, da waren der Platz vor demselben und die anstoßenden Straßen mit einer unabsehbaren Menge besetzt; tausendfaches Hoch untermengt mit Schluchzen und Thränen. Da winkte der hochw. Bischof, und die ganze Menge empfing knieend den bischöflichen Segen. Mit den Worten: „Gelobt sei Jesus Christus!" trat er in die Mauern des Gefängnisses — unter dem Wiederhall des „In alle Ewigkeit. Amen."

Die Herren, welche dem hochw. Bischofe das Geleite gegeben (auf ihrer Rückkehr beteten sie in der Gnadencapelle zu Telgte gemeinschaftlich den Rosenkranz für den hohen Gefangenen) beschloßen dem hl. Vater telegraphische Mittheilung von der Verhaftung des Bischofs zu machen und bei dieser Gelegenheit den Segen Sr. Heiligkeit zu erbitten. Das Telegramm lautete: Sechzig katholische Männer, welche ihren Bischof Johann Bernard, den die weltliche Macht gewaltsam in das Gefängniß abgeführt, begleitet haben, bitten demüthig um den Segen Sr. Heiligkeit. Darauf lief folgende Antwort ein: Der hl. Vater ertheilt den durch Telegramm erbetenen Segen aus ganzem Herzen. J. Cardinal Antonelli.
*

Interesse hätte. Ehre vor der Welt verachtet er; Manches, was vielleicht Anderen wegen der begleitenden Auszeichnung und Ehre anziehend erscheinen und Genugthuung bieten mag, ist ihm vielmehr zur Last. Was er in Betreff der zeitlichen Habe und Güter am Brunnen des hl. Ludgerus feierlich aussagte: „ich achte es wie Koth", das ist volle Wahrheit; kaum kann ein Mensch gleichgültiger dagegen sein. Daher und wegen seiner herzlichen Liebe und Theilnahme für Nothleidende seine unbeschränkte Freigebigkeit gegen Bedrängte; aber so groß und unermüdlich dieselbe ist, so sehr verabscheuet sie jeglichen Prunk, nach dem Worte des Herrn: „Deine Linke wisse nicht, was die Rechte thut." — Aeußerst bescheiden in seinen Ansprüchen an die Annehmlichkeiten des Lebens lebt er höchst mäßig, nüchtern und einfach. Sein Vertrauen zum Gebete ist groß; Gott weiß es, mit welchem Eifer er es übt. Wir haben nicht Anstand zu nehmen, ihn einen „Mann des Gebetes" zu nennen.

In Wahrheit, Bischof Johann Bernard von Münster ist „einer von den Männern, durch welche Heil gewirkt wird in Israel" (1 Machab. 5. 21.). Der Herr wolle ihn der Diöcese noch lange erhalten!